カバー絵・口絵・本文イラスト■不破《ふわ》　慎理《しんり》

CONTENTS

CHARACTER PROFILE

ちょっと冷たい感じの美人に。

◆益永和実◆
（ますなが　かずみ）

27歳/水瓶座/A型/176センチ/57キロ
肩書き：アート・ディレクター
担当クライアント：【NEIGES】をメインに、写真集や書籍の装丁。エディトリアル全般。
セクシャリティ：恋愛はあまり得意ではない。
人目を引く美貌を眼鏡で隠すクールビューティ。そのデザインと同様に、性格も繊細かつ緻密。潔癖性で、接触恐怖症に似た部分がある。父は内科医を営み、兄も医者。現在は目黒のマンションに一人暮らし。

とにかく自信過剰な男で
人をナメた表情かーヲヲい感じに
してみました。

26歳/天秤座/ＡＢ型/184センチ/68キロ
肩書き：グラフィック・デザイナー
担当クライアント：若者に大人気のアパレルメーカー【APACHE】
セクシャリティ：たらし。女好きの無節操遊び人
フェロモン滴る甘いマスクの超美形。閃き系感性派の天才肌で、努力や忍耐が大嫌い。その俺様ぶりから陰で「プチ大城」と呼ばれる。その生まれ育ちから交友関係が派手で、芸能人や業界人と遊びまくる日々。おかげで遅刻常習犯。協調性ゼロだが、仕事はパーフェクト。

◆久家有志◆
（くげ　ゆうじ）

YEBISUセレブリティーズ

「うるせーな」

スタッフ全員の注目が集まった先——吹き抜けのエントランスには、ひとりの男の姿があった。視線の集中に気がついた男が陽に透ける栗色の髪を雑にかき上げ、不機嫌そうに眉をひそめる。ただそこに立つだけで、誰の目をも引きつける華やかな容貌。驚異的に小さな頭。高い腰位置。長い手足。百八十四センチの、外人モデル並に均整の取れた八頭身は、明るいグレーのシングルスーツに包まれている。

すっきりシャープな輪郭。形のいい眉の下の、明るい鳶《とび》色の双眸《そうぼう》。完璧なフォルムと高さを持つ鼻梁《びりょう》。艶めいて、肉感的な唇。そして、その洗練されたルックスから滲《にじ》み出る、超一流のホストもかくやという雄《オス》のフェロモン。

「小言は頭に響くんだよ」

歪《ゆが》んだ唇から放たれる——甘くかすれた傲慢《ごうまん》な声。

事務所の問題児・久家有志《くげゆうじ》の登場に、無意識のうちにも、ぼくの眉根にはうっすらと縦じわが寄る。

これはもう、『天敵』を前にした脊髄《せきずい》反射なのかもしれなかった。

1

今日から事務所に新しいバイトがやってくる。

風馨《かお》る五月――とりたてて暑くも寒くもない、さわやかな気候の月曜日。しかし、ぼくは朝から憂うつだった。朝食がわりのヨーグルトを口に運ぶ動作も、気がつくと滞《とどこお》っている。

物心がついた頃から二十七歳の今日まで、一貫して人づきあいが苦手なぼくは、現在いっしょに働く五人の同僚たちでも手いっぱいで、持て余し気味なのだ。さらにわずらわしい人間関係が増えるのだと思うと、ただでさえ勢いのない食欲がよけいに減退する。

ぼくこと益永和実《ますながかずみ》が勤めるのは、都内の恵比寿《えびす》にあるデザイン事務所【Yebisu《エビス》 Graphics《グラフィックス》】。

世界のセレブに多くのファンを持つトップブランド【NEIGES《ネージュ》】のビジュアルを担当するほか、写真集や書籍の装丁など、エディトリアルデザイン全般を受け持っている。

芸大の大学院を卒業後、今の職場に就職して丸三年。――できれば会社では仕事だけに集中していたいが、社会人ともなればそうもいかないのがつらいところだ。

どろりとした白濁を無意味にスプーンでかき混ぜていて、ふと、同僚の中でも特に反りの合わない男の顔が浮かんだ。

モデルかと見紛《みまが》う派手な外見に、年下とは思えない不遜《ふそん》な態度。生意気な物言い。

（やめやめ。朝っぱらからあいつの顔なんか思い出すな）

眉をひそめて首を振り、『天敵』のビジュアルを脳裏から追い出した。結局、半分も減らなかったヨーグルトの容器をシンクへ下げる。丁寧に水洗いしてから、不燃物専用のダストボックスへ捨てた。

洗面所でざっと髪を整えたあと、寝室のクローゼットの前に立ち、ネクタイを選んだ。今日のスーツは青みがかったグレーで、シャツは薄いベージュだから――しばらく悩んだ末、サックスブルーの地に小柄プリントが散る一本を手に取る。

毎朝、野暮《やぼ》ったくならないよう、適度な大きさにノットを作るのがひと苦労だ。

ぼく自身、本来さほど服装にこだわるタイプではないのだが、雇用主である事務所のボスは、『すべてのクリエイティブは身だしなみから始まる』というポリシーの持ち主である。欧米仕込みの自由な社風が売りの会社だが、ことルックスに関しては必要以上にうるさい。何せ、事務所のスタッフ全員に、スーツ着用を義務づけているほどなのだから。

「……よし」

どうにか満足のいく形に結ぶと、額にかかるコシのない髪をかき上げ、メタルフレームの眼鏡を中指で押し上げた。春もののジャケットを羽織《はお》り、ボタンをしめる。

ぴかぴかに磨き上げたプレーン・トゥを履いてから、腕時計で時間を確かめた。

九時三十分。――通常どおりだ。

いつもより少しだけ重い足取りで、ぼくは自宅の玄関を出た。

本来ならば自分は会社勤めには向かない人種だと思う。

神経質で潔癖性。

自分にも他人にも厳しい完全主義者。

他人に合わせることが苦手で、周囲とうまく折り合っていけない。学生時代もずっとクラスの中で浮いた存在だった。

『孤高のクールビューティ』

男に『ビューティ』はどうかと思うが、中学・高校・大学と、ぼくについて回ったキャッチフレーズだ。

うりざね型の輪郭に細く尖《とが》った顎。男にしては肌理《きめ》が細かく、色素が薄すぎる肌。まなじりが切れ上がった黒目がちの双眸。細い鼻梁に薄い唇。――生まれ持った自分の顔に特別な執着も嫌悪もないけれど、『冷たく整った』と形容されることが多いルックスが、俗に『女顔』といわれる属性にカテゴライズされることはわかる。この、やや異質な容姿に興味を持ってか、近づいてくるやつも少なからずいたが、扱いづらい（……らしい）性格を知るや、漏れなく離れていった。

ぼく自身、子供の頃から、誰といるよりひとりで過ごすことが楽だった。友人も恋人も、特に必要だと思った記憶はない。好きな本と映画、そして現代美術に触れられる環境があれば充分満足だったのだ。

当然、大学院を出たあとはフリーでやっていくつもりでいたぼくを、四年前の冬、大城《だいじょう》崇《たかし》という男が訪ねてきた。三十一歳の若さで、都内の一等地にデザイン事務所を構えるその男の用件は端的だった。

『きみをうちのスタッフに欲しい』

その気はないと何度断っても諦めない。

『きみという人材を使いこなせるのは俺だけだ』

自信満々に言いきる男の、日本人離れしたルックスそのままの押しの強さに鼻白みつつも、ひと月をかけての粘り強い交渉に、ついにぼくは根負けした。

申し出を受けたのは、しかし、熱意にほだされただけじゃない。提示された条件が破格だったからだ。

クライアントの質しかり、高額な年俸といい、最新の設備といい、【Yebisu Graphics】は、一般的なデザイン事務所とは比較にならない高待遇だった。中でも、巷《ちまた》の洋書店よりアートブックや写真集が充実した書庫が、ぼくにとっては魅力的で――。

「それと……環境だな」

JR恵比寿駅の東口を出て、ガーデンプレイスを横切りながらひとりごちる。

東京都写真美術館の脇を抜け、ウェスティンホテルを横目に坂を下り、日仏《にちふつ》会館の角を右折してしばらく行ったところに現れる――樹木に覆われたスペース。閑静な住宅街にあっても、ひときわ緑が目立つその空間の中央には、三階建ての総石造りの箱が建っている。

シンプルでいて、どこか重厚なフォルムを描く建築物は、ボスの友人である建築家、レオン・アレキサンドロの手によるものだ。さすがは今話題のアーキテクトだけあって、石造りの硬質なファサードが、周囲の自然としっくり融合している。

さらには、建物の一階部分はオープンカフェ【LOTUS《ロータス》】、地下はアジアンテイストの料理が売りのダイナーになっており、打ち上げなどに利用される。仕事に追われてランチの時間が取れないことが多いぼくにとって、このカフェの存在は大きかった。

「おはようございます」

テラスで水を撒《ま》いていた立ち姿の美しいギャルソンが、あいさつをしてくる。

軽く頭を下げると、彼の足許にうずくまっていたイングリッシュ・クーンハウンドがパタパタと尻尾を振った。

「スマイル、おはよう」

ブチ模様が個性的な大型犬に声をかけて、淹《い》れたてのコーヒーの香りが漂うカフェの前を行き過ぎ、建物の側面に回り込む。

やはり石造りの階段を上がった先、二階・三階部分が、ぼくの働くオフィスだ。

【Ｙｅｂｉｓｕ Ｇｒａｐｈｉｃｓ】と、シルバープレートが貼られた磨《す》りガラスのドアを押し開く。エントランスに足を踏み入れたとたん、眩《まぶ》しいくらいの陽光に包まれた。

初めてここを訪れた時も、『光のシャワー』に驚いたが、その圧倒的な光量には、いまだに感動を覚えることがある。

エントランスは、コルビュジエのソファがオブジェのように置かれる以外は、潔いほどに装飾を排してあり、壁と床の白さともあいまって、とにかく開放的だ。

三階までの吹き抜け空間の右手側面は、全面がガラス張りになっており、裏庭の全貌が望めた。季節によって色とりどりの花をつける多様な樹木、白い石の床に複雑な模様を描く木漏れ日——それらが、シンプルな空間を彩る最大のアクセントとなっている。

正面の階段を上った三階には、書庫や会議室、ボスの個室などがあるが、ぼくたちスタッフのデスクは、エントランス左手のワーキングスペースにある。

まだ人気《ひとけ》のないスペース最奥の、自分のブースまで辿《たど》り着いたぼくは、デスクに鞄を置いた。ブースといっても、ちょっとした個室ほどの広さがある。

「おはよう」

ぼくがＭａｃを立ち上げていると、ぼちぼちスタッフが出社してきた。

十時には、ほぼ全員がデスクに向かって、仕事の準備を始める。事務所の就業時間は午前十時から午後六時まで。『残業する時間があったらプライベートを充実させること』というボスのモットーのせいで、スタッフはデザイナーとは思えない早帰りが身についている。

「みんな、ちょっと集まってくれ」

張りのある低音が響き、ぼくはディスプレイに向けていた視線を転じた。

いつの間にか、ワーキングスペースを一望できる場所に、今日もイタリアもののスーツでびしっと決めたボスが立っている。やや濃い目の男前の隣りには、Ｔシャツにジーンズというラフな格好の青年が、緊張の面持ちで佇《たたず》んでいた。

スタッフがそれぞれ立ち上がって近づくと、ボスは青年の肩をぽんと叩いた。

「今日からバイトに入る藤波《ふじなみ》はるかだ。使いものになるまで、しばらく面倒を見てやってくれ」

「よ、よろしくお願いします」

ニューフェイスが頭を下げるとほぼ同時、彼の背後の階段を誰かが下りてきた。

「ちょうどよかった。綿貫《わたぬき》」

足音で振り返ったボスが呼ぶ。事務所創立時からの生《は》え抜《ぬ》きメンバーである綿貫ADは、三階に個室を持っているのだ。

「アートディレクターの綿貫凌《りょう》だ」

ボスの紹介に、いつもクールで寡黙《かもく》な綿貫さんが軽く頭を下げる。

「よろしく」

「よろしくお願いします」

「その隣りが、やはりADの益永和実」

名前を呼ばれて、ぼくは伏せていた視線をゆっくり上げた。こっちを見つめるまっすぐな双眸と目が合う。

好奇心の強さが、きらきらした瞳に表れている。――見るからに元気がよくて素直そうで、いかにもボスが気に入りそうなタイプだ。

そんな感想を持ったあと、いつぞや目を通した履歴書に記載されていた、彼のプロフィールを思い起こす。

たしか年齢は二十三歳。普通大学を卒業後、デザイン学校の夜間部に通いながら、デザイナーを目指して勉強中という話だった。

「次が笹生《ささお》アキラ。事務所の最年少で、おまえともひとつ違いか」

昨年の新人の笹生がにこっと、どこか少女めいた顔で微笑《ほほえ》む。

「その隣りが、事務所唯一のコピーライター、高館要《たかしろかなめ》」

「わからないことがあったらなんでも訊《き》いて。一応、ここの総務担当でもあるからさ」

冗談めかした口調《くちょう》で、要さんがそう言った時だった。

「遅いぞ、久家。今月に入って遅刻は何度目だ?」

ボスの咎《とが》めるようなバリトンに促《うなが》され、その場の視線が一点に集中する。

全員の注目が集まった先——吹き抜けのエントランスには、ひとりの男の姿があった。

降り注ぐ陽光が、まるでスポットライトのように、男の華やかな容貌を際立たせる。

驚異的に小さな頭。高い腰位置。長い手足。外人モデル並に均整の取れた八頭身が、明るいグレーのシングルスーツに包まれている。

すっきりシャープな輪郭。形のいい眉の下の、明るい鳶色の双眸。完璧なフォルムと高さを持つ鼻梁。艶めいて、肉感的な唇。そして、その洗練されたルックスから滲み出る、超一流のホストもかくやという雄のフェロモン。

「うるせーな」

視線の集中に気がついた男が、陽に透ける栗色の髪を雑にかき上げ、唇を歪めて言い放つ。

「小言は頭に響くんだよ」

事務所一の問題児・久家の登場だ。

無意識のうちに、ぼくはうっすらと眉根を寄せる。これはもう、『天敵』を前にした脊髄反射なのかもしれなかった。

「遊ぶのはいいが、翌日の仕事に差《さ》し支《つか》えるような無茶は控えろ」

「………」

おそらく、この世でただひとり頭が上がらないボスに叱られた久家が、むっと眉をひそめる。不機嫌な顔つきのまま、ボスの横を擦り抜けようとして、ふと足を止めた。

「何おまえ?」

今頃その存在に気がついたというように、バイトを睨《にら》む。面食らった様子の藤波に代わってボスが答えた。

「今日からバイトに入る藤波だ。こっちの遅刻男は久家有志」

「あー、ボスの『オキニ』か」

「え?」

納得したようなつぶやきが聞こえてしまったのだろう。藤波がいよいよ当惑の表情を浮かべた。

彼の内心の声が聞こえるようだ。

——何、この人?

さもありなん。遅刻してきた上に、雇主《やといぬし》であるボスに『うるせーな』と暴言を吐き、挙げ句『何おまえ？』では、好意を抱けというほうがむりがある。

早速、『わがまま王子』の洗礼を受けた気の毒なバイトにこっそり同情していると、ボスが笹生に言った。

「とりあえず、事務所をひととおり案内してやってくれ」

笹生がうなずき、ボスと綿貫ＡＤは連れだって三階へ上がっていく。それを見計らい、ぼくも踵《きびす》を返した。

自分の席へ戻りながら腕時計を見る。朝から十五分のロスだ。腹の中で舌を打ち、ブースに戻るなり椅子を引く。カツカツという靴音にちらっと右手を見やった。久家がこちらへ向かってくるのを認めるや、すぐに視線を逸《そ》らす。――できるだけ距離を置きたい相手に限って隣りのブース。まったく人生はままならない。同じことをやつも思っているだろうが。

「あの…っ」

横合いから届いた声に、ふたたび目線を戻す。後ろから追ってきたバイトが、果敢《かかん》にも久家を呼び止めるところだった。

「さっきの……意味って？」

足を止めた久家が振り返り、思ったより気骨があるらしい藤波を、約十センチ上空からうろんげに見下ろす。その真剣な表情をしばらく眺めてから、聞きたいなら教えてやろうといった鷹揚《おうよう》な顔つきで腕を組んだ。

「バイトの求人、百人近い応募があったんだぜ？　そん中で一番デキが悪いおまえをなんでかボスが気に入ってさ。例によって独断で決定」

「久家っ」

ストレートすぎる辛辣《しんらつ》な物言いに、動向を見守っていた要さんが、あわてて割り入ってきた。

瞠目《どうもく》して固まる藤波を覗き込む。

「ちゃんとみんなで話し合って決めたんだからね」

しかしせっかくのフォローを、久家はハッと笑い飛ばした。

「あれを話し合いっていうかぁ？　俺らが何を言おーが、結局はあの人の『こいつがいい』の一言で決まりじゃん。即戦力になりそうな人材もいたのに、別にどこって取り柄のないこいつの何がよかったんだか。――ま、連れて歩くペットが欲しいんだったらいいんじゃない？」

容赦なく毒舌を吐くと、悪びれる様子もなく、さっさと自分のブースへ入ってしまう。

「………」

ペット呼ばわりされた藤波は明らかにショックを受けた顔で、その背中を呆然《ぼうぜん》と見送っていた。

「ったく、あいつ……二日酔いで気分が悪いからってしょうがないな」

要さんが舌打ち混じりにつぶやく。

ぼく自身、久家のことは心底嫌いだが、今回ばかりはやつの意見に賛成だった。

実のところ、うちの事務所で働きたいとアプローチをかけてくる人間は引きも切らない。しかし、そのハードルは高い。

どうやら業界では、仕事ができるだけでは不十分で、さらにルックスがよくなければ選ばれないといった噂がまことしやかに流れているらしく——そのせいかスタッフは、同業者からやっかみを込めて【YEBISU《エビス》セレブリティーズ】、通称【エビリティ】などと呼ばれているくらいなのだ。

藤波のどこがボスのお眼鏡に叶ったのかはわからないが、ここの一員になりたいのなら、試用期間中にその存在意義を、彼自身の実力でスタッフに認めさせるしかないのだ。

作業途中のフォルダーを開きながらそんなことを考えていると、右斜め後方から、ふざけた口調が聞こえてきた。

「セ・ン・パ・イ」

ぴくっと肩を揺らし、ゆっくり首を傾ける。隣りのブースとの仕切りの位置に、大嫌いな同僚が立っていた。

「益永センパイ?」

反応がないことに焦《じ》れたみたいに、久家がもう一度繰り返す。『センパイ』——その呼び方がいかにも取ってつけたようで、聞くたび腹が立つ。事実、久家は一歳年下で入社も一年後輩だから、そう呼ぶことは間違いではないのだけれど。

「……なんだ?」

不愉快な心情を敢《あ》えて隠さず、あからさまに嫌そうな声を出したぼくは、それでも渋々と、パーテーションに片手をかけて寄りかかる男に向き直った。

こうして近くで向かい合うと、益々その派手さが際立つ。濃いブルーのシャツに光沢のあるシルクタイという難易度の高いコーディネイトを難なくクリアして、なおかつスタイリッシュに見せることができるのは、やはり常人離れしたルックスとスタイルの為《な》せる技だろう。

一見細身に見えて実は肩幅がきちんとあり、ほどよく筋肉もついた――シングルスーツが決まる体型。類希《たぐいまれ》な美貌でありながらも、その印象は決して女性的ではなく、男としての美質もしっかり兼ね備えている。……それをまた本人が充分に自覚しているところが、なんとも腹立たしいのだが。

しかし何より厄介《やっかい》なのは、遅刻常習犯で協調性ゼロの問題児のくせに、仕事ができることだ。

久家が担当するのは、若者にカリスマ的人気があるファッションブランド【APACHE《アパッシュ》】。『無頼漢《アパッシュ》』の名のとおり、ミニマムな中にもどこかワイルド風味を秘めた服づくりが男女を問わず支持され、毎月のようにファッション誌で特集を組まれている。特にここ二年、久家がアートディレクションを手がけるようになってからは、雑誌広告やポスターなどのグラフィックに対する評価が高まり、年二回のコレクションごとに作られるカタログも、初日で捌《さば》けてしまうほどだ。

『プチ大城』と同僚に陰口を叩かれつつも疎《うと》まれないのは、誰もがその才能に一目置いているから。ボスが久家の素行に比較的寛容なのもそのせいだろう。

生まれつきの感性とセンスで勝負する、閃《ひらめ》き系の天才肌。

こつこつと理詰めでデザインを詰めていく自分とは、何もかも正反対な……。

「例のブックの件なんだけど」

癖のあるかすれ声を思いがけず間近で聞き、はっと身じろぐ。いつの間にか久家が、勝手にブースの中に入ってきていた。

「今から打ち合わせできる？」

例のブックとは【ＡＰＡＣＨＥ】がブランドデビュー十周年を記念して作る、ＶＩＰ顧客用のノベルティ・ブックだ。十年間のブランドヒストリーを集約した内容になるはずで、マニア垂涎《すいぜん》のお宝本になることは必至と今から言われている。

久家が来期のコレクション関連の準備で忙しいのと、こと本の装丁に関してはぼくが長けていることもあって、この仕事だけは共同作業で進めることになっているのだが。

「そろそろ詰めないと時間的にやばいんだよね」

近づいてきた久家がすぐ前に立った瞬間、ふわりと甘ったるい匂いが鼻孔をかすめた。

（また……女の移り香か）

大方どうせ、直接女の家から出社してきたに違いない。なんと言っても、『趣味はセックス』と公言してはばからない男だ。

『ひとりに縛られるなんて考えられねぇよ。束縛されんの、うざいし。どんなに旨《うま》いメシだって毎日食ってたら飽きるじゃん』

いつだったか、同僚たちとの雑談の折にそう言っているのを聞き、おまえなんか尻軽女に病気を移されてしまえと本気で思った。

久家を嫌いな理由は枚挙《まいきょ》にいとまがないが、特にこの下半身のだらしなさが一番許せない。不特定多数の相手と節操なく関係を持つ久家は、ぼくからしてみれば、その存在自体がすでに『不潔な病原体』だった。

「あんまり近づくな。――女の匂いが移る」

思わず低く吐き捨てたぼくの顔を、久家が身を屈めるようにして覗き込んでくる。

「益永さん、本当に女嫌いなんだ？」

「………」

突然のアップに、眼鏡の陰で眉をひそめた。

「でも別にゲイってわけじゃないよな？」

不躾《ぶしつけ》な質問を重ねる後輩を、目一杯冷ややかに睨みつける。すると、じわじわ身を起こした久家が肩をすくめた。

「そう睨むなよ。もったいねぇって思っただけじゃん。そんなにきれいな顔して……その気になったら、男も女も選り取り見取《よどみど》りなのにさ」

嫌みな口調と小馬鹿にしたような不敵な笑みをさらにきつく睨《ね》めつけた――一瞬後、ふいっと久家の手が伸びてくる。長い指がぼくの眼鏡のフレームに触れた。

「何す…っ」

「ちょっと素顔が見てみたいかなぁって」

おどけたように言って、眼鏡を取り上げようとする手の動きに必死に抗う。

「馬鹿、よせっ」

本気で声を荒げた時、机上の電話が鳴った。

2

『ライト出版の伊東《いとう》です』

「益永です。——いつもお世話様です」

電話の相手は、今抱えている仕事の担当者だった。

著名な建築家三名の共著による、ハードカバー単行本のエディトリアルデザイン一式。

版元の担当者は、ものをはっきり言わないタイプの上に仕事がアバウトで、彼の仕切りのまずさからスケジュールが大幅に押していたのだが……。

「来週明けに全本文入稿!?」

思わず大きな声を出してしまってから、あわてて周囲を見回したが、ブースの中にすでに久家の姿はなかった。どうやら電話が長くなりそうだと見切って、自分の席に戻ったらしい。

受話器を持ち直したぼくは、押し殺した声で反論を始めた。

「それはちょっと……先週やっとすべての原稿と図版が揃った段階で、これから各ページのレイアウトを詰めるとなると、最低でも二週間は…」

『むりは承知の上でお願いしたいわけです。印刷もこれ以上は待てないと言ってますし、さらに発行が延びることがあれば、社内的にもいろいろ厳しいというか……実は今朝も会議で上からつつかれましてねぇ。ここはひとつ、私の苦しい立場もご理解いただいて…』

「わかりました」

電話口でグチグチ言い出した相手にうんざりして遮《さえぎ》る。

「できるだけ、そのスケジュールで進行するように努力します」

感情を抑えた冷ややかな声音で告げると、あいさつもそこそこに指でフックを押した。久家にからかわれた苛立ちも治まらないうちに、これ以上くどくどと弱音を聞いていたら、腹に溜まっているものが爆発しそうだった。

「一週間で二百ページを入稿しろだと？」

手荒く受話器を戻して吐き捨てる。

「無茶言いやがって……クソッ」

素材の調達が遅かったのはそっちじゃないか。何がむりは承知の上だ。大体、むりを言うにも限度ってもんが……。腹は立つが、憤っていたところで埒《らち》は明《あ》かない。こちらにしても、できれば一刻も早くこれを片づけて、すっきり次の仕事に取りかかりたいのは山々。

久家との共同作業である【ＡＰＡＣＨＥ】のブックも控えているし、とにかくこうなった以上は、入稿までの一週間、残業覚悟でがんばるしかなかった。

「へたをすると徹夜か…」

事務所では基本的に、残業が認められていない。就業時間内で効率よく仕事を仕上げることも実力のうち——というのがボスの言い分で、スタッフは六時半にはほとんど全員がＭａｃの電源を落として帰っていく。しかしぼくは、納得がいくまで数ミリ単位の試行錯誤を続けてしまうので、人一倍時間がかかるのだ。たとえどんなに時間がない仕事でも、プロとして、完成度の低いものを外へ出したくはない。

自宅で作業する手もあるにはあるが、今度の本の場合、持ち帰るには図版や写真の点数が多すぎるし……。

（仕方がない）

画面の隅のフォルダーを開きながら小さくため息を吐く。

結局はみんなが帰ったあと、事務所にこっそり残って、ひとり朝まで仕事をするはめになりそうだった。

ランチへ行く時間も惜しんでレイアウト作業に没頭していた——その日の夕方。

日中はずっと社内にいなかった久家が、またふらりと近づいてきた。

「さっき電話で中断した【ＡＰＡＣＨＥ】のブックの件だけど、今いい？」

背後に男の気配を感じ、頭上から声をかけられても、ぼくはマウスを動かす手を止めなかった。

さっきの今で久家と話をしたくなかったこともあり、今現在ものすごく忙しいということを全身でアピールする。

「……できれば後日にして欲しいんだが」

ディスプレイを見つめたまま返事をすると、むっとしたような声が返ってきた。

「そう言い続けて保留のまんま、もうかれこれ二週間だぜ？」

嫌みな口調に、ぴくっと肩が揺らぐ。

「大体さ、いつまで同じ仕事抱えてんの？」

「………！」

反射的にマウスを離し、くるっと椅子ごと振り返ったぼくを、腕組みの久家は冷たく見下ろしてきた。歪んだ唇で追い討ちをかける。

「こっちもいい加減、本気でスケジュールやばいんだけど。共倒れは勘弁して欲しいんだよね」

「………っ」

――この野郎。

先輩を先輩とも思わない不遜な物言いに、カーッと頭に血が上りかけるのを、拳をぐっと握って堪えた。

さっきの悪ふざけはさておき、ブックの件に限っては仕事が遅れている自分が悪い。もし自分が久家の立場だったとしても、文句のひとつも言いたいところだろう。

「……わかった。今行く」

努めて平静な声を落として立ち上がり、資料を摑むと、久家と肩を並べた。

お互いに視線を合わさず、微妙に気まずい空気をまとわりつかせたまま、無言で三階の打ち合わせ室まで上がる。

「とりあえず、ざっと構成を考えてみたんだけど」

テーブル越しに向かい合わせに座るなり、手書きの台割りのコピーを滑らせて寄越《よこ》した久家が、早速そう切り出した。その怜悧《れいり》な表情はすでに仕事モード全開で、先程までのあけすけな感情はすっかり影を潜めている。いつ作業をしているのか謎なほどデスクにいないわりに、入稿日にきっちりレイアウトを仕上げてくる手際のよさは、こういった頭の切り替えの速さによるものなのかもしれなかった。

雑念を見事に取り払った顔と向かい合い、初めて見るような真剣な表情にわずかな違和感を覚えつつ、ぼくも心持ち姿勢を正す。

「判型はB6で、総ページ数は百六十。メインは【APACHE】の過去十年分のコレクション写真。カタログ用に撮り下ろしたスチールと、パリコレのステージ写真を組み合わせた構成にしようかと思ってる」

ざっと大まかな内容を説明して、次に久家は台割りの頭の部分をペン先で指し示した。

「で――まず冒頭。【APACHE】の服づくりのコンセプトをコピーとイメージ写真で見せる。これが二見開き。次に沿革っていうか、ブランドヒストリー。これも文章主体で八ページ。それからスタッフ・インタビュー」

「ヒストリーやインタビューには、なんらかビジュアルが入るのか?」

ぼくの問いに、久家が答える。

「顔写真くらいは入れようかと考えてたんだけど」

「俺は、メインのコレクション写真以外は、できるだけビジュアルは控えたほうがいいと思う。この手のアートブックは、時流から一線を画して作ったほうが、のちのち飽きがこない」

「ああ――なるほどね」

いつものノリで突っかかってくるかと思ったが、意外にも久家は素直にうなずいた。

「あまりページ数もないことだし、あれもこれもと欲張らないほうがいい。何を一番見せたいのか、的を絞り込むことだ。情報は日々古くなっていくものだから、敢えてデータ的なスペックを省くのもひとつの考え方じゃないか？」

「つまり、できるだけシンプルな造りを目指すってことだよな」

呑み込みの早い相手との、予想外にスムーズな打ち合わせに、ぼくは内心戸惑いを覚えていた。仕事で久家と組むことが決まった時から、うまくいくわけがない、きっと揉《も》めるに違いないと気が重かったのに……。

「あと装丁なんだけどさ、別に紙にこだわる必要はないと思うんだ」

そう言って、久家が手許の紙にペンでさらさらとスケッチを始めた。

「どーせ小部数なんだから、こんなふうに表1と表4の厚紙を布で包んで、糸でザクザク縫っちゃうくらいの、プリミティブな手作り感がいいと思うんだよね。アパレルらしくてさ」

「…………」

ラフなタッチで描かれたスケッチを無言で見つめたぼくは、レンズの奥で瞠目する。

（布で――包んで――縫う？）

逆さにして振っても、自分の中からはまず絶対に出てこない発想だ。

既成概念に囚《とら》われない、自由で柔軟な発想。

感嘆と同時に、胸の奥が小さく疼《うず》く。

……過去の傷口が癒《い》えていないことを実感するのはこんな時だ。

大学院一年目の夏、芸大主催のグラフィックアート展で、担当教授に太鼓判を押されていたにもかかわらず、ぼくは大賞を逃した。横合いからかっさらっていったのが、当時多摩《たま》美術大学のグラフィック科に在籍していた久家だ。

他大学からの応募も受けつけていたとはいえ、芸大生が大賞を逃したのは初めて。学内に敵なしと言われていたぼくにとっても、かなり手痛い屈辱だった。

一体どんなやつが？

傷ついたプライドで臨んだ受賞式。

金髪にサングラス、コーラルピンクのスーツという、とんでもない格好で現れたモデルみたいなド派手男に、その場の全員が目を剝《む》いた。取り巻きらしき女を数人引き連れて講堂に登場した久家は、式の間中、両脇の女たちと人目もはばからぬ過剰なスキンシップを繰り広げ続けた。

どう贔屓目《ひいきめ》に見ても、大賞に敬意を表しているとは思えない不遜な態度に、ぼくは腸《はらわた》が煮えくり返った。

こんな――失礼窮《きわ》まりない軽薄野郎に負けるなんて……！

数年後、その大ヒンシュク男が自分の後輩として事務所に入社してきた時の衝撃は、いまだに忘れられない。――多摩美術大学卒業後、ロンドンのロイヤル・カレッジ・オブ・アートのドクターコースに進んだ久家を、ボスがわざわざ渡英してまで口説《くど》いたと聞いて、優にひと月は立ち直れなかった。

できるだけ側に寄らない、関わらないと心に決め、存在を無視することでなんとか平静な日常を取り戻したが……。

当の久家は、どうやら例の大賞のことなど気にも止めていないようで、幸か不幸か、次席に甘んじた芸大生の存在も記憶にないらしい。それでもぼくが終始一貫すげない態度を取り続けるうちに、いつしか反抗的なリアクションを返すようになってきて――今ではすっかり自他ともに認める『犬猿《けんえん》の仲』だ。

「おまえのイメージは大体わかった。俺は別のアプローチでもう一案考えてみる」

競う前から敵《かな》わないと思っている自分に苛立ちながら、ぼくは資料をまとめ始める。

「とりあえず今日はここまでだ」

「何？　もう終わり？」

不満そうな声をあげる久家に、形ばかりの謝罪を口にした。

「すまないがもう時間がない。明日また時間が取れるようなら、こっちから声をかけるから」

資料の入ったファイルを抱え、早々に引き上げようとするぼくを久家が呼んだ。

「センパイ」

「なんだ？」

左手の腕時計を睨んで気のない声を返す。

「顔色悪いぜ。昼飯食った？」

「…………」

無視して久家の脇を擦り抜けかけた刹那《せつな》、左手をいきなり摑まれた。びくっと大きく肩が揺れる。反射的に振り払おうとしても、手首に食い込んだ手は微動だにしない。

「食ってねぇだろ？」

ゆっくり戻した視線の先で、腰を浮かせた久家の双眸が、まっすぐぼくを射貫いていた。

「だからこんなに細っこくなっちまうんだって。骨と皮だけじゃん。こんなん男の腕じゃねーよ」

「……おまえには関係ないだろう？」

動揺を懸命に押し隠し、できうる限り平たい声音《こわね》を作った――とたん、久家が眉をそびやかす。

「あんたさ、俺の何が気に入らないのか知らないけど、仕事で組む時くらいもう少し愛想《あいそ》よくできねぇの？　俺だって別に好きでコラボレートしてるわけじゃ…」

低く詰《なじ》られている間にも、摑まれた部分がじんじん痺れてきて、こめかみがじわりと汗ばむのを感じた。

「……せ」

「あ？」

「放せよっ」

突然の激昂《げっこう》に面食らったように、久家の拘束が緩む。同時にばっと腕を払ったぼくは、後輩を押し退けるみたいにして打ち合わせ室を飛び出した。

背後を顧《かえり》みずに廊下を走り、突き当たりのレストルームへ飛び込む。

「……はぁ……はぁ」

ドアに背中をもたれかけ、乱れた息を整えた。視線を落とすと、久家に摑まれた手首が小刻みに震えている。

「……くそ」

ステンレスの洗面台へ駆け寄り、カランを捻った。蛇口から勢いよく流れ出てきた流水に手首を浸し、さらにごしごしこする。

子供の頃から、人に触れられることが苦手だった。他人の体温と湿った肌の感触が、どうにも気持ち悪くて……。

なおさら相手が『歩く病原体』の久家となると、全身に悪寒すら走る。

「何が愛想よくだ。おまえ相手に誰が…っ」

引きつり強ばった唇で、一線を引いたはずのエリアにずかずかと土足で踏み込んでくる男を罵《ののし》る。

こつこつと地道に積み上げてきた仕事への自負。

常にクールかつストイックであれという信条。

それらをいとも簡単に覆し、塞ぎかけていた瘡蓋《かさぶた》を剝がす――久家有志の存在はぼくにとって『生きるトラウマ』そのものだった。


「定時になったら地下で藤波の歓迎会をやるぞ」

終業時間の少し前に三階から下りてきたボスがそう告げた瞬間、ぼくは真剣にめまいを覚えた。

どうにか動揺が治まったのを見計らい、自分のデスクに戻って、ようやくレイアウトの続きに手をつけ始めた――それは直後だった。

これ以上またしても歓迎会で時間を取られるなんて……今日は厄日かもしれない。

ぼくの思い嘆息と、コピー機の前にいた藤波の裏返った声が重なる。

「歓迎会っ⁉」

コピー紙の束を抱えてボスの側に駆け寄ると、アルバイトの青年は必死の表情で訴えた。

「そ…そんな恐れ多いです！　それに俺、これから学校が…っ」

「サボれ」

「へ？」

有無を言わさぬ命令口調に、藤波の目がまん丸くなる。

「一日くらい休んだところで別にどうってこたねぇだろ。それより旨いメシでも食ったほうが、よっぽど今後のおまえの糧《かて》になる」

「……はぁ」

戸惑いに両目をぱちぱちするばかりの新人を、眼光鋭い双眸で揺るぎなく見据えて、ボスの弁舌は続いた。

「地下のダイナーはアジアンテイストが売りだが、俺のお勧めはベトナム式のお好み焼きとも言えるバイン・セヨだ。こいつはパリパリの皮と新鮮なもやしのシャキシャキとした食感がたまらない逸品だ」

「パリパリの……シャキシャキ？」

想像してみろ、といった表情で、彫りの深い男前が大きくうなずく。

「フォーもいいぞ。牛肉でも鶏肉でも、熱々の汁にライムをきゅっと絞って、香菜《こうさい》を山盛りかけて食うのが断然旨い」

「香菜が山盛り入ったフォーかぁ」

うっとりつぶやく藤波のつぶらな瞳が、食欲と向学心の狭間で揺れているのが傍目《はため》にもわかる。

「締めはなんと言っても、蓮の葉でもち米を包んで蒸した【ＬＯＴＵＳライス】。蓮の実がごろごろ入っていてな、こいつはむちゃくちゃ旨いぞ」

藤波の喉から、ゴクンと生唾を呑み込む音が聞こえた。

「どうだ？　食いたくねぇか？」

抗いがたく魅力的な低音美声が、駄目押しで囁《ささや》く。

「食いたいですっ」

完落ちした藤波の返答と、久家の不満げな声が重なった。

「俺、今日用事があるんですけどねー」

振り向いたボスが問題児をぎろっと睨む。

「久家——おまえに足りないのは協調性だ。今日はそこをとくと説いてやる」

「げー」

やぶ蛇とばかりに久家が天を仰いだ。

ほかのメンバーは逆らうだけ無駄と達観した顔つきで、それぞれ携帯で先約をキャンセルしたり、時間を変更したりしている。事務所の全権はボスが握っており、『俺が法律だ』と言ってはばからない彼の意見が覆った事例は、いまだかつて一度もないからだ。

とにかく天上天下唯我独尊《てんじょうてんがゆいがどくそん》を地でいく男だが、プロデューサーとしての才覚は人並み外れたものがあるので、なんだかんだ言っても社員はみな、彼の絶対的なリーダーシップに頼っているところがある。

(歓迎会のあとで戻ってくるか)

ぼくも観念してマシンの電源を落とした。

あとは運を天に任せ、なるべく早く会がお開きになるよう祈るだけだ。

漆塗《うるしぬ》りの屏風《びょうぶ》で仕切られた個室。アンティーク・テーブルの上いっぱいに、色合いも鮮やかなアジアンフードの皿が並んでいる。

各々《おのおの》のグラスに琥珀《こはく》色のシャンパンが注がれたところで、ボスが要さんを促した。

「要――おまえが音頭を取れ」

「はいはい。それでは不肖・高館がスタッフを代表して乾杯の音頭を取らせていただきます。みなさん、グラスをお手に取って」

立ち上がった要さんが、そつのない笑顔で自分のグラスを掲げる。

「今日から仲間になった藤波くんに。かんぱーい」

「乾杯！」

スタッフ全員がシャンパングラスを掲げた。

カフェ【LOTUS】の地下部分にあたる【LOTUS　DINER】の店内は、オープンで明るい一階とは異なり、全体的にシックで落ち着いたテイストに仕上がっている。

バンブーをあしらったオブジェ。オレンジの間接照明に浮かび上がる、アンティーク家具と藤の椅子。各テーブルごとに置かれた銀の水盆には蓮の花が浮かび、色鮮やかなバティック染めのナプキンとともに、エキゾチックな雰囲気を醸《かも》し出している。一週間もまだ頭だというのに店内はほぼ満席で、カップルや女性同士のグループで賑わっていた。

「いただきまーす！」

シャンパンを一気呑みしたあと、早速サテにかぶりついた藤波が、グリルした鶏肉を呑み込むやいなや感嘆の声をあげる。

「う、うまいっす！」

「ありゃー……喉で食ってるよ」

要さんがクックッと笑った。

「どっちかっていうと呑みこんでる？」

心配そうに覗き込む笹生の隣りで、綿貫さんは黙々とグラスを傾けている。

「時間制限アリの食い放題じゃないんだ。慌てず咀嚼《そしゃく》しろよ。ちゃんと味わえ」

鷹揚にたしなめるボスの背後に、ストイックな美貌のギャルソンがすっと近づいてきた。氷の入ったクーラーから空のボトルを下げた彼が、控え目な声で囁く。

「オーナー、お飲物はいかがいたしましょう？」

「スティル・ワインにはまだ少し早いか。そうだな……モエをもう一本持ってきてくれ」

「かしこまりました」

「オーナー？」

がっついているわりに耳聡い藤波が、小首を傾げた。

「え？　ちょっと待ってください。このお店ってボスがオーナーなんですか？」

やがてじわじわと目を見開き、身を乗り出すようにして、正面のぼくに訊いてくる。

「……あー」

どこまで話していいものか、思案しているうちに、要さんが答えてくれた。

「そう。上のカフェもね」

「従兄弟と共同出資だけどな」

こともなげに、ボスがうなずく。

「そ、そうだったんですか!」

藤波がまさに『仰天《ぎょうてん》』といった顔をした。

感情がまんま全部顔に出て、本当にわかりやすいやつだ。

自分とはまるで正反対な性格の藤波を前に、少しばかり意地悪な感想を抱いていると、斜め前の席から、気怠《けだる》いかすれ声が補足説明を加えてきた。

「だから、うちは何かっつーと、地下で打ち上げなんだよ」

「なんだ久家、文句があるのか?」

「別に。ここのメシは旨いからいいけどさ」

ボスの鋭い一瞥《いちべつ》をかわすようにネクタイのノットを緩めた久家が、片手を挙げた。

「東城《とうじょう》さん」

白いシャツに黒のソムリエエプロンというユニフォームを、誰よりも美しく着こなしているギャルソンを呼び止める。

「クリュグも一本追加ね」

「久家、てめー勝手に」

「いいじゃん。女との約束延ばしてつきあってやってんだからさぁ」

そろそろ回り始めたアルコールに身を任せて、ふたりのやりとりをぼんやり眺めていたぼくは、何げなくこちらを向いた久家と目が合った。

「……………！」

あわてて顔を背けた刹那、手許がぶれ、あやうくグラスのシャンパンを零しかける。

「大丈夫ですか？」

隣席の笹生に気遣われて、俯き加減に首を振った。

「ごめん……大丈夫」

あのあと——久家の手を振り切るように逃げ出したあと——しばらくしてぼくが自席に戻った時には、後輩はすでに自分のブースに帰っていた。スーツの背中を横目にデスクへ戻り、その後も極力、顔を合わせないようにしていたのだが……。

みっともなく取り乱した姿を見られた気まずさが、じわじわと蘇ってくる。俯いた額のあたりに、久家の視線をひしひし感じていると、不意に話しかけられた。

「センパイ」

とっさに腰が浮きそうになるのを堪える。懸命に平静を装い、視線を上げた。鳶色の瞳がまっすぐ自分を見つめている。

「——なんだ？」

先程の件を蒸し返されるのかと内心焦りつつも、無表情に問い返した。

「なんか食えよ」

久家が料理を顎で指して促す。

「…………」

黙って動かないぼくにちっと舌を打ち、後輩は、勝手に皿を摑んで料理を取り分け始めた。

「ほら」

満遍《まんべん》なく全種類を盛りつけた皿をぼくの前に置き、偉そうに宣告する。

「食べるまで見張るぞ」

……俺は幼稚園児か？

憮然《ぶぜん》と唇を引き結ぶと同時、横合いからボスが口をはさんできた。

「たしかにおまえは細すぎる。体力もスキルの一部だぞ。――食え」

「残さず全部だぞ」

王様と王子に威嚇《いかく》され、仕方なく箸を手に取る。もともと食が細いことに加えて、こんなふうにふたりがかりで見張られては、喉を通るものも通らないじゃないか。

ボスの保護者モードはいつものことだが、久家のやつ……こんなにお節介だったか？

初めて知るような久家の一面に戸惑いながらも、ぼくは生春巻きをのろのろと口の中へ押し込んだ。

3

その週いっぱい、ぼくは寝食の時間を削ってライト出版の単行本に取り組んだ。

けれども進行ははかばかしくなかった。

ただでさえページ数が多い上に、初稿のレイアウトを提出した側から直しが膨大《ぼうだい》に入ってくる。それも、編集者と執筆者の赤字がバラバラに送られてくるので、それらを取りまとめるだけでも大変な作業だった。

週半ば、このまま赤字にかまけていては絶対に間に合わないと確信するに至り、文字直しを藤波に頼むことにした。これでようやくレイアウト作業に集中できるようになったものの、まだ半分以上のページが残っている。

デスクに積み上げられた手つかずの仕事を見るたび気が滅入《めい》ったが、明けない夜はないと念じて、とにかくやるしかなかった。

残業だけでもまずいのに、徹夜したことがばれればボスの叱責《しっせき》は必至なので、明け方一度自宅に着替えに戻り、シャワーだけ浴びて会社へとんぼ返り――という日常を繰り返すうちに、四日間は飛ぶように過ぎた。

週末の金曜日。

ひっそり静まり返った誰もいない事務所で、ひとり作業をしていると、玄関の方でカタンと物音がした。

(………?)

朝まで残業も五日目ともなれば、さすがに疲労もピークだ。頭の半分が朦朧《もうろう》としかけていたぼくは、続いて聞こえてきたドアの開閉音で、眠気が吹き飛んだ。

バタン！

とっさに画面右上のデジタル表示を見る。十一時十七分。

――こんな時間に誰だ？

ディスプレイ画面から顔を離し、少し椅子を引いて、パーテーションの陰から音のする方角を覗き見る。

月明りの中、エントランスに立つ逆光のシルエットは、とうに帰ったはずの男のものだった。

――久…家？

「益永センパイ？」

目を細めてぼくを確認した久家が、怪訝《けげん》そうな声を出す。

「電気が点いてるから変だと思ったけど――こんな時間まで何してんの？」

「おまえ…こそ…」

言い返した声は自分でも驚くほど力がなく、奇妙な具合にかすれていた。食事どころか水分すらろくに摂《と》らずに長く集中していたせいか、喉がカラカラに干上がっていることに、その時になって気がつく。

「俺は今まで恵比寿で呑んでて……忘れ物したの思い出してさ」

自分のブースへ歩み寄った久家が、デスクの上へ手を伸ばす。積んであった書籍の中から二冊ほどを選んで抜き出した。小脇に本を抱えてぼくを振り返り、つと眉をひそめる。

「おい――あんた」

じっとぼくの顔に視線を注いで、

「顔、真っ青だぞ」

言いながらツカツカと近づいてきた。反射的に視線を逸《そ》らすぼくの肩越しに、ディスプレイ画面を覗き込む。

「例の単行本?」

次に、大量の書類やコピー紙が散乱している机上に目線を走らせてきた。とっさに覆い被さって隠したい心境に駆られたが、それでカバーできる量じゃない。

「……なんかここんとこ様子が変だと思ってたけど」

やがてひとりごちるみたいにつぶやく。

「ずっとこの調子で残業してたのかよ」

詰問口調《きつもんくちょう》で問われれば、悪事がばれたような気分になって、ぼくはひっそり奥歯を噛みしめた。実際はプライベートを削って仕事をしていただけなのに、責められるなんて理不尽だと思う。

だが、結局あれきり【APACHE《アパッシュ》】のブックも放置しているので、パートナーである久家に対して一抹《いちまつ》の後ろめたさを感じるのは事実で。

「入稿いつ?」

「……月曜」

わずかな負い目に圧されるように、小声で答える。

「月曜!?」

久家が眉を吊り上げた。

「時間は？」

「……夕方」

「夕方ってことは、その前に編集のチェックと直しが入るから……最低日曜の夜には上げねぇと間に合わないじゃん」

勝手にリミットを導き出した久家が、恐い顔で詰め寄ってくる。

「それで？　あと何ページ残ってるんだよ？」

ぼくは横目でちらっとその顔を見やった。

（……うるさい）

なんだかだんだん疎《うと》ましくなってきた。一度そう思い出すと、もとから久家が嫌いなこともあって、後ろめたい気分はあっさり消える。

大体なんで、おまえの質問にいちいち答えなきゃならないんだ。一秒だって惜しいのに、くだらないやりとりで貴重な時間を浪費させないで欲しかった。

「いいから。おまえはもう帰れよ」

とっとと女のところへ戻れとばかりに邪険《じゃけん》に追い払っても、久家は動じない。

「いいからって顔つきじゃねぇだろ。紙みてーに白い顔して」

一向に立ち去る気配がない相手に、イライラが募る。

もしかしてこいつ、酔っているのか？

疑いを抱いたぼくは久家に向き直り、はっきりと告げた。

「何百ページ残っていようがおまえには関係ない」

「……益永さん」

虚《きょ》を衝《つ》かれたみたいに、久家が瞠目《どうもく》する。

「これは俺の仕事だ」

その目を見据えて、釘を刺した。

「側におまえがいると気が散る。仕事の邪魔なんだよ」

駄目押しの一声で、整った顔がむっと険《けん》を孕《はら》む。鳶《とび》色の双眸《そうぼう》に苛立ちを宿らせたまま、久家はしばらくぼくを睨《にら》みつけていたが、不意に身を翻《ひるがえ》した。スーツの肩を怒らせ、足音も荒く事務所を出ていく。

キィ……バタン！

「……ふぅ」

ようやく静寂を取り戻した空間で、ぼくはため息を吐いた。大きな声を出したためか、はたまた反りの合わない同僚のせいか、どっと疲れを感じる。

目の奥が重く腫《は》れて……痛い。

眼鏡をずらし、眼球を指先で揉《も》んだ。首はガチガチに硬直して、肩も鉄板のように張っている。

一瞬、横になりたい欲求に猛烈に駆られたが、そんな余裕がどこにある？　と自分を諫《いさ》めた。

ギシギシ悲鳴をあげる背中をむりやり正し、マウスに手を伸ばす。新規レイアウト用のフォルダーを開いた。フォーマットにテキストデータを流し込んで、画像を配置して……すでに気が遠くなるほど繰り返してきた手順だ。だからといって全部が同一のレイアウトでは済まない。ページごとの材料によって、細かい微調整が必要なのだ。

（あと二日…か）

あと二日しかないという焦燥《しょうそう》と、あと二日もこの状態が続くのかという暗澹《あんたん》たる気持ちと。やってもやってもいっかな終わりの見えない膨大《ぼうだい》な仕事量を持て余し、ぼくは悶々《もんもん》とした。

時間にして五十時間弱で、果たして目処《めど》がつくのだろうか。

とても、そうは思えない。どんどん集中力が落ちているし……むりだ。どうせ間に合わないのなら、今からでもライト出版に連絡を入れて、入稿日の延期を交渉したほうがいいんじゃないか？　もちろん、担当者からは相当な嫌みを食らうだろうけれど。

身の程を超えたスケジュールを請け負った自分をいまさら悔やみ、ひたひたと押し寄せる絶望感に打ちひしがれていた時。

またもや玄関のドアが開く音がした。カツカツと靴音が近づいてくる。ふたたび視界に現れた——さっき出ていったばかりの後輩の姿に、ぼくは瞠目した。

「久家？」

無言で距離を詰めてきた男が、ぼくの数メートル手前でぴたりと足を止めた。

「……おまえ？」

「女は帰した」

低く言うなりジャケットを脱ぎ、ネクタイを緩めながら自分のＭａｃを起動させる。

事情が呑み込めず、ぼんやりその様子を眺めるばかりのぼくに、久家はゆっくりと向き直った。

形のいい眉をそびやかした、傲慢《ごうまん》な表情で促《うなが》す。

「――で？　どこから手伝えばいいわけ？」


「紙みたいに青白い顔したやつ残して女とセックスしても、気持ちよくねぇよ」

わざわざ戻ってきた理由を、久家はそんな下世話なセリフで片づけた。

「いいから残りのデータを半分寄越《よこ》せって」

初めは抵抗したぼくも、結局はやつの強引なノリに押しきられてしまった。

「俺さー、この手のお固いエディトリアルって苦手なんだよね。やっててクソつまんねぇし」

机の上から勝手に取り上げた台割りを眺めて久家がぼやく。

「別に手伝ってくれとは頼んでいない」

ぼくが低い声を出すと、肩をすくめた。

「そう怒るなって。苦手だけどできないとは言ってねぇじゃん」

言葉どおり、久家は実にテキパキとレイアウトを仕上げていく。できあがったものをチェックしたが、いつもの派手めなテイストとは一線を画した硬質なデザインで、書体の処理といい、白地の活かし方といい、文句のつけようがなかった。

本当に仕事ができるやつは、自分の得意な手法を無闇に押しつけるのではなく、各媒体ごとに、最適《ベスト》な技法で対処することができるのだということを改めて思い知る。

「ほら――次は？」

仕事を催促《さいそく》された頃には、ぼくにももう意地を張る気力は残っておらず、無言で残りのラフを手渡した。

必要最低限な受け答えのみで会話もなく、殺伐《さつばつ》とした空気の中、ふたりで黙々とマシンを操る。無意識にも久家のハイペースに触発されたのか、気がつくとぼくも通常の二割増しのピッチで、仕事が進んでいた。

途中交互に一時間ずつ、ソファで仮眠を取った以外は、ほとんど不眠不休でＭａｃに向かい続けること約一日。

日曜アップでさえ危ぶんでいたのに、丸一日も早い――土曜の夜十一時過ぎには、すべての完成データを出版社のサーバーにアップロードすることができてしまった。

「なんとかなったな」

さすがに疲れた表情の久家が、背もたれに体を預けてつぶやく。やがて椅子ごとぼくを振り返って言った。

「とりあえず、お疲れ」

「…………」

終わった。

これで、月曜の夕方には印刷入稿ができる。最低二日の徹夜は覚悟していたのに、一日で済むなんて夢のようだ。

正直、久家のフォローがなければ、ここまではとても辿《たど》り着けなかった。

どんなに嫌いな相手でも、これぱかりは認めざるを得ない。

安堵《あんど》に半ば放心しつつも、何かねぎらいの言葉を返そうとして、ぼくは自分の異変に気づいた。

おかしい。声が……出ない。

喉に手を当てて立ち上がりかけ、今度は激しい立ち眩みに襲われた。へたっと椅子に沈み込む。

「どうした？」

ぼくの様子に気がついた久家が、怪訝そうな声を出した。席を離れて近づいてくる。

「大丈夫か？」

覗き込むように肩に置かれた手を、反射的に振り払おうとして、ぐらっと体が傾《かし》ぐ。

「おい──あんた…っ」

倒れる寸前、久家の腕に支えられた。

「益永さん？　ちょっと！　大丈夫かよっ」

耳許の久家の声に、大丈夫だと答えたいのに喉が開かない。

「……さんっ！」

自分の名を呼ぶ声が徐々に遠ざかり――ふっと視界が暗転した直後――意識がフェードアウトした。


次にぼくが意識を取り戻したのは、見知らぬ部屋の巨大なベッドの上だった。

(どこだ……ここ)

枕に頭を沈み込ませた状態で、両目をぱちぱち瞬かせる。

明らかにぼくの部屋より一メートルは高い天井。薄いベージュの漆喰《しっくい》の壁と、凝《こ》ったデザインの間接照明。大きな窓と木製のドア。

少しずり上がって周囲を見回す。

十五畳ほどの部屋だ。壁の一面がどうやらクローゼットになっているらしい。中央にダブルベッドが一台置かれているほかは、とりたてて目につく家具はない。なんとも贅沢《ぜいたく》な空間。

――つまりは寝室？

途切れる前までの記憶を呼び起こそうと、まだどこかしゃっきりしない頭の、こめかみのあたりを指で押さえる。

「ええと……たしか」

会社でエンドレスに仕事をしていて――ようやくそれが上がってほっと気が緩んだ直後に――おそらく気を失ったんだよな。

「お、目ぇ覚めたか」

そんな声と同時にドアが開き、長身の男が入ってくる。

「久…家？」

普段会社ではスーツ姿しか見たことがなかったので、胸許の開いたシャツに細身のレザーパンツというラフな格好の同僚を見ても、一瞬ぴんとこなかった。

「具合、どう？」

まっすぐ歩み寄ってきた久家が、ベッドの傍《かたわ》らに立って、ぼくの顔を覗き込む。いきなり額を手のひらで包まれ、びくっとたじろいだ。だが避《よ》ける前に手が引っ込む。

「まだちょっと微熱があるな」

自分の額と比べてから、久家が難しい表情でつぶやいた。

「……ここは？」

おずおずと問いかけると、「俺の部屋」と答えが返る。

「おまえの……部屋？」

「場所は代官山《だいかんやま》。ちなみに今日は日曜で、時間は夕方の七時過ぎ」

「日曜……七時？」

ぼんやりおうむ返すぼくに、久家が説明した。

「あんた、いきなり会社で倒れたんだぜ。救急車呼んだら大事《おおごと》になるし、残業の件もばれるといろいろ面倒だと思ってさ。仕方ないから車でこのマンションまで運んで、友達で医者やってんのに往診してもらったってわけ」

往診？　そんなの、まったく記憶にない。

思わず眉をひそめる。

意識のない間に勝手に体を触られていたのかと思うと、診察とはいえ気持ち悪くて……。

「診断の結果は極度の過労。なんで一応、点滴を打ってさ」

ぼくの動揺には気づかず、久家は淡々と言葉を継ぐ。

「それにしてもよっぽど疲れが溜まってたんだろうな。その後も二十時間近くコンコンと眠ってたし……おっと、そうだった。ちょっと待ってて」

言い置くと、突然踵《きびす》を返して部屋を出ていった。残されたぼくは、しばし呆然《ぼうぜん》。

——二十時間も？

いくら寝ていなかったからって……よりによって久家の寝室の、さらに言えばやつのベッドで爆睡してしまった自分が信じられなかった。子供の頃から、余所《よそ》の布団では絶対に眠れなかったのに。

とりあえず、枕も掛け布団も敷布も、清潔そうだからよかったものの……。

イレギュラーな展開に、パニックを起こしそうになる自分を必死に抑える。

(とにかく)

こんなところに長居は無用だ。一刻も早く家に帰ろう。

決めてから、根本的なことに気がついた。

どうも視界がクリアでないと思ったら、眼鏡をかけていなかった。裸眼でも０・５はあるのでさほど困るわけではないけれど。

「眼鏡……どこだ」

起き上がって探そうと思ったが、半身を起こした段階で、腰にまったく力が入らないことに気がつく。健闘もむなしく、ふたたびぐったりとベッドに伏した。

仕方なく寝そべった状態で、視線だけをきょろきょろと動かしているうちに、ドアが勢いよく開く。長い脚で扉を蹴り開けた久家の両手は、ステンレスのトレーで塞がっていた。

ぼくの側まで来て、トレーをそっとベッドの端に置く。湯気が立っている器の中身は、レトルトらしき粥《かゆ》だった。

「医者が、まずは流動食から食わせろってさ」

何事かと固まっている間にも、久家は粥をすくったスプーンを、ぼくの口許まで運んでくる。

「……いい」

まるで赤ん坊に食べさせるみたいにスプーンを寄せられて、狼狽《ろうばい》のまま首を振った。すると恐い顔で睨まれる。

「あんたが早く復活しないと、コンビ組んでる俺も困るんだよ」

もっともらしい正論で諭《さと》され、反論できずに渋々と口を開いた。

「熱いからゆっくりな」

言われたとおりにゆっくり呑み込んでも、粥は熱かった。

「熱いか？　待ってろ。今冷ましてやる」

甘やかすように言って、本当にふぅふぅと粥を冷ます。ぼくが容器の中のすべてを呑み込むまで、久家は実に根気強く、スプーンを往復させた。

「――よし。全部食ったな」

満足そうな表情。それをぼくは無気味なものを見るような気分で眺める。

なんだかまだ夢の中にいるようだった。しかも、どちらかといえば悪夢だ。

あの――傍若無人《ぼうじゃくぶじん》なわがまま王子が、甲斐甲斐《かいがい》しくぼくの世話を焼いているなんて。

背中がむずむずして、尻のあたりももぞもぞして、居たたまれない。ただでさえ、久家の部屋というだけで、充分に居心地が悪いのに。

（……早く帰りたい）

「別にここは俺ひとりだから、気にしなくていいぜ」

ぼくの落ち着かない様子を勘違いしたらしい久家が言った。そのセリフで、後輩がひとり暮しであることを初めて知る。

そういえば、こいつのことを俺は何も知らないな、と思った。同僚になった瞬間から、極力その存在を意識の片隅に追いやってきたのだから、それも当然なのだが。

「……家族は？」

なんとなく、展開上、訊くのが筋のような気がして、ためらいがちに訊いてみる。

「家族はいるけど、バラバラに暮らしてる」

久家のそっけない口調から、それ以上は触れて欲しくなさそうな気配を感じ取り、ぼくは早々に追求を放棄した。慣れないことはしないに限る。正直、久家のプライベートに興味はないし、家族構成を知らないからといって仕事に支障もきたさない。

意外というかなんというか、その後も久家はあれこれとぼくの世話を焼き続けた。

やはり赤ん坊に与えるようにコップの水を呑ませたり、枕の高さを調節したり。ここまでくると、もはや別人だ。突然の豹変《ひょうへん》ぶりに薄気味悪さを覚えながらも、面と向かって逆らう体力もないぼくは、久家の過保護に諾々《だくだく》と甘んじるしかなかった。

「いつもこれくらいおとなしいとかわいいのにな」

からかうような口調にむっとする。久家はベッドの端に腰掛け、上半身を捻ってこちらを見ていた。睨みつけると、にっと笑う。

「元気出てきたじゃん」

そう言われて気がついた。たしかに……粥の効果か、ずいぶんと体が楽になっている。布団の中でそっと足を泳がせてみた。スムーズに動く。

これならば、もう大丈夫だ。

確信を持ったぼくは、これでようやく帰れるとばかりに、勢い掛け布団をはねのけた。

「おい、何してんだよ」

久家が尖った声を出す。

「帰る」

「馬鹿！　まだむりだって」

忠告を無視して起き上がろうとして、骨張った手で肩をきつく摑まれた。

「放せよっ」

負けじと手荒く振り払った――刹那《せつな》、久家がベッドに乗り上げてくる。逃げようとする二の腕を摑まれ、ぐっと後ろへ引かれた。背中にスプリングの反動を感じると同時、両肩をシーツに押しつけられる。抗う間もなく、下半身の自由も奪われた。

「放せって！」

自分を組み敷く男の恐い顔と、身動きがとれない四肢に本能的な恐怖を感じて、ぼくは声を張りあげた。けれど久家は力を緩めない。

「駄目だ。あんたがおとなしくするまで放さない」

「……く…そ」

精一杯抗っても微動だにしない男をキッと睨み上げた。すると、こちらをじっと見下ろす色素の薄い瞳と視線がかち合う。

「…………」

意地の張り合いのように、目を逸らさずにいたら、ぽつりと低音が落ちてきた。

「なんか……変な感じ」

思わず聞き返す。

「な…に？」

「いや……なんかさ、こうしてると女を組み敷いてるみたいな……妙な気分になってくる」

「何を馬鹿言って…」

「だってあんた、色白いし骨も細いし……つか、女より全然きれいで……」

困惑の滲《にじ》むかすれ声で囁《ささや》きながら、自分のほうがよほどきれいな顔が近づいてくる。ふわりと鼻孔をかすめる甘い匂い。ずっと女の移り香だと思っていたけれどそうではなく、久家自身が纏《まと》うローションの香りだったらしい。

これほどアップになっても隙がない、端正な貌《かお》に圧倒されているうちに、吐息が唇にかかる。

(……え?)

次に、何か生あたたかいものが触れた。

しっとりと濡れてやわらかく、それでいて熱っぽい感触に覆われて……。

一瞬、何をされたかわからなかった。

それがいわゆる『キス』だと気づいたのは、久家の唇がゆっくりと離れたあと。

「何やってんだ?……俺」

不意に顔をしかめた久家が、ちっと舌を打った。

「………」

この世で一番嫌いな男にファーストキスを奪われたぼくは、完全に思考停止して固まっていた。

「あんたさ、できるだけ人前では眼鏡を外さないほうがいい。その色っぽく潤んだ目、やばいって。……犯罪だよ」

ぶつぶつと零してから、久家がおもむろに身を起こす。頭を振り振りベッドを下りて、ドアに向かって歩き出す。しかし部屋を出る間際にくるりと振り返った。

「とにかく、今日はここでゆっくり休んで……泊まっていけよ。明日、会社まで車で送っていってやるから」

4

別人みたいに甲斐甲斐しく世話を焼いていたかと思ったら、今度はいきなりキス!?

ファーストキス喪失の衝撃後――茫然自失《ぼうぜんじしつ》の数分が過ぎると、次にぼくを襲ったのは、疑問符の嵐だった。

なんであいつはキスなんかしたんだ?

ひょっとしてロンドンじゃ、男同士でも気軽にキスをするとか？　親愛の証に?

そういや、きれいだとか細いとか犯罪だとか、意味不明なことをつぶやいていたが――。

女と間違えた?　まさか。

考えれば考えるほどに謎は深まり、ただでさえ熱っぽい頭がどんどんヒートアップしてくる。

とてもじゃないが、ゆっくり体を休める状態とは程遠かった。

……というか、のんびり休んでいる場合なのか？

いまさらな疑問が追加されて、ぼくは眉間《みけん》に深くしわを刻んだ。

「……場合じゃない」

導き出された結論を口に出し、焦燥と混乱に背中を押されるように、むっくり半身を起こす。何がなんだかよくわからないが、なるべく早くここを出たほうがいいことだけはたしかだ。これ以上、久家の気紛れな言動に振り回される前に逃げよう。

ベッドの端に体を移動して、フローリングの床にそっと片足を下ろす。まだ少し足許がふらついたが、歩けないほどじゃない。ぼくはこっそり寝室を抜け出した。

ドアの外の廊下に人気はなかった。どうやら右手奥の内扉の向こうがリビングになっているようで、かすかに人の話し声と物音が漏れ聞こえてくる。緊張に体を固くしながら耳を澄ませていて、テレビの音声だと気づいた。久家が観ているらしい。

（今のうちだ）

右がリビングとなると、玄関は——左か。

天井の高い廊下を進むうちに、異常にふかふかと弾力のある絨毯に何度か足を取られそうになる。壁に手をついて気がついた。本物のクロス貼りだ。同じマンションといっても、ぼくの部屋とは造りからしてグレードが違う。

だが感嘆するのはまだ早かった。角を曲がった先に現れた予想外のモノに、思わず足が止まる。

——階段!?

メゾネットだったのか。

ひとり暮らしには過分な広さに驚愕しつつ階下を窺《うかが》い見ると、玄関らしきスペースが見えた。

やった。玄関だ。

嬉々として階段を下り、ようやく辿り着いた出口にほっと息を吐いた時だった。

「そんな格好で帰る気か？」

背後からの低い呼びかけに、心臓がドクッと跳ね上がる。

――い…いつの間に？

上にいたんじゃないのか？

両脇の手のひらをぐっと握りしめ、ゆるゆると視線を下げて、『そんな格好』を確認した。

明らかに袖と裾が長くてぶかぶかな――久家のものらしきパジャマ。しかも足は裸足。さらに、よくよく考えたら眼鏡もかけていない。

そんなことにも気が回らないほど、やはりぼくは『キス』に動転していたらしい。

本当はすぐにでも玄関を飛び出したかったけれど、裸足ではそうもいかない。こうなったら正面から堂々とぶつかるしか……。

観念して、そろそろと背後を振り返った。

――久家。

腕組みで仁王立《におうだ》つ長身。ただでさえ八センチの身長差があるのに、その全身から剣呑《けんのん》なオーラを立ち上らせているせいか、普段よりさらに威圧感を覚える。

(……怒って……いる?)

すがめた双眸で冷ややかに見下ろしてくる美貌の男を、ぼくは上目遣いに見た。背中にじわっと冷たい汗が滲む。だが、びびっていても始まらないので——しばらくためらってから、思いきって口にした。

「服を……返してくれ」

久家の頬がぴくりと引きつり、きつくひそめられた眉の下の双眸がぎらつく。

「徹夜であんたの仕事を手伝った俺に一言の礼もなく、こそこそ逃げ出すつもりだったのか?」

歪んだ唇から、ドスのきいた皮肉が放たれた。

「…………」

そう言われてしまうと返す言葉がなく、ぼくは唇を噛んだ。たしかに、まだ礼のひとつも言っていない。

「なんか言えよ」

しかし、促されたから言うのでは、いかにもとってつけたようで——。

どうすればこれ以上の不興を買わずに済むのか思案した結果、結局は打開策が浮かばずに黙り込む。すると、不穏な顔つきの久家がやおら腕を解き、すっと一歩を踏み出してきた。たちまち距離を詰められ、二の腕を摑まれたぼくは、びくっとたじろいた。

「…………っ」

「ったく、聞き分けのない男だな。まだ動きまわるのは早いって」

厳しい声で叱る久家の手を振り払おうとしたが、果たせない。そのまま為《な》す術《すべ》もなくずるずると引き寄せられ――腰を抱かれた次の瞬間、ふわっと体が浮く。

「なっ……何!?」

抵抗する間もなく、気がつくとぼくは、まるでダンボールでも担ぐみたいに軽がると、久家の左肩に担ぎ上げられていた。

「久家っ」

逆さ吊り状態で、ぼくは野蛮な男の背中に叫んだ。

「下ろせよっ」

必死に手足をばたつかせても、久家はまるで揺るがない。仮にも成人男子をひとり担いでいるのに、微塵《みじん》もブレがないしっかりとした足取りで、階段を上がっていく。

「下ろせーっ！」

抗議もむなしく寝室へ連れ戻され、どさっとベッドに落とされた。ぼくが跳ね起きるよりわずかに早く、覆い被さってきた久家に下半身の自由を奪われる。

「いいから、おとなしく寝てろって」

業《ごう》を煮やしたような苦々しい声。

「嫌だ！　放せっ」

しゃにむに振りまわしたぼくの手が、久家の頬に当たった。

「……あ」

明らかに、爪で皮膚を傷つけた感触に声が出る。

「……痛《つ》ぅ」

顔を激しく歪めた久家が、一瞬後、ぼくの両肩をぐっと押さえつけた。

はっと見上げた先の双眸は、昏《くら》く獰猛《どうもう》な輝きを放っていて——射貫かれた刹那、体中の産毛がぞくっと総毛立つ。

……恐い。

同じような体勢だけど、さっきとは違う。久家の顔つきが全然違う。

本気で、怒っている？

俺が、怒らせた？

思ったとたん、体が小刻みに震えた。

二十七年間、密接な人間関係を避け続けてきたぼくは、そもそもこんなふうな剝き出しの感情というものに免疫がなかった。殺気というものを初めて身近に感じて、身がすくむ。

（……何を）

圧倒的な力で押さえつけて、何をするつもりなのか。

わからない。けど、恐い。

恐い。恐い。恐い。

恐怖がピークに達したその瞬間、ぼくの中で何かがぶち切れた。

たぶん、忍耐とか理性とか矜持《きょうじ》とか。

いろいろなアクシデントに揺さぶられながらもずっと、久家の前では必死に取り繕っていたものが一気に瓦解《がかい》して……。

代わりに、どっと堰《せき》を切って激情が流れ出す。

「嫌だぁ！　イヤーッ」

絶叫するぼくに久家が眉根を寄せた。

でももう、久家がどう思うかとか、勝つとか負けるとか、そんなことはどうでもよかった。とにかく、この最悪なシチュエーションから一秒も早く逃れたい一心で。

「帰る！　帰る、帰るーっ」

子供のように駄々をこね続けていると、チッと舌打ちが落ちてきた。

不意に腕を引かれて、上半身を起こされる。抵抗を封じ込めるみたいに、ぎゅっときつく抱きすくめられた。

「……やっ」

熱くて硬い肉体の感触に、ぼくの口から高い悲鳴が飛び出す。

できるだけ他人との肉体的接触を避けてきたから、こんなふうに抱きしめられたのは、子供の頃以来で。手が触れ合うだけでも嫌なのに――この状態はもう、マックスぼくのキャパを超えていた。

苦手な体温に包まれ、かーっと頭に血が上る。ガタガタと全身が震え出す。しまいにはぶわっと涙まで溢れ出した。

「どうした？」

ぼくのパニック症状に気づいた久家が、少し力を緩めて顔を覗き込んでくる。

「放し……放し…て」

涙目のたどたどしい訴えに、至近の鳶色の瞳が、ふっと細まった。

「泣くなよ」

かすれた声でそう囁いたあと、肉感的な唇が近づいてきて、まなじりの涙を吸う。

「……っ」

小さく身じろいだ直後、熱っぽい感触は下へスライドして、ぼくの唇にそっと触れた。

――また……キス？

濡れたまつげを瞬かせて戸惑う。

でも今度のキスは、初めの時のような、ただ触れるだけのやさしいものとは違った。ねっとり覆い被さったまま、なかなか離れない。

だんだん息が苦しくなってきて、自分を抱きしめている男の肩を手のひらでパシパシ叩いた。

「……んっ」

わずかに久家の唇が離れ、息継ぎができたと思ったのも束の間、薄く開いた唇の隙間から、するりと濡れた塊が入ってくる。

(――舌!?)

侵入してきた硬い粘膜は、ためらうことなくぼくの舌を搦《から》め捕《と》った。舌先を吸われ、歯列をなぞられ、喉の奥を責められて……。

「ん…んーっ」

口の中を、久家の舌が傍若無人に這い回る。溢れた唾液が口の端から滴《したた》り、顎を伝う。

すべての感触が気持ち悪かった。

気持ち悪くて汚いのに……。

なのに。

なんでかだんだんと、甘ったるいような、むずがゆいような、妙な気分になってくる。

熱い舌で口腔内をかき回されているうちに、全身の力がじわじわ抜けて。

強ばっていた体がとろとろ溶けて。

頭がどんどん白くなって。

「ん……ぅ、ん」

ぼくを巧みなキスで翻弄しつつ、久家の長い指が、耳の裏側とかうなじとかを滑らかに撫でる。猫を愛《め》でるようなそれが、なんだかすごく気持ちよくて、このまま眠ってしまいそうになる。

そう思った刹那、久家がぼくを抱きしめた状態で、ゆっくりと体重をかけてきた。

ふたたびベッドに押し倒される。ぼくを組み敷いた久家は、熱く激しい瞳でまっすぐ見下ろしてきた。

「………」

あまりの衝撃に脳と体をフリーズさせたぼくは、欲情している男の貌というものを、涙でかすむ目で見上げる。

獣っぽい欲望を孕んでいても、その貌は、見とれるほどきれいだった。

艶やかで、美しい。

滴る雄《オス》の色香に、なぜかぞくっと背中が疼く。

パジャマの裾から入り込んできた久家の手のひらが、脇腹や腹などのやわらかい部分をやさしく撫でさすり——最後、胸の小さな尖りに辿り着く。熱い指先で、先端をきゅっと摘《つま》まれた直後。

「……アッ」

ぴりっと電流が走ると同時に声が出ていた。生まれて初めて聞く自分の嬌声《きょうせい》に、カッとこめかみが熱くなる。必死に噛み殺そうとするのに、どうしても我慢できなくて。

「や……や……いや」

嫌々と首を振っても、久家の長い指は弄《いじ》ることをやめない。

「だって気持ちいいだろ？　硬くなってるじゃん」

ちょっぴり意地悪な声音。

「ち……違う……ちが…」

「違わねぇよ」

硬く芯を立てた乳首を、さらに嬲《なぶ》るみたいに執拗にこねられ、ぼくは立て続けに何度も、恥ずかしい声で喘《あえ》がされた。

「ん……ぁん……あ、ぁ」

「出るじゃん。エロい声」

「な、なんで?……なん…で…こんなこと」

涙でぐちゃぐちゃになった顔で、しゃくりあげながら問いつめる。

だって理解できない。

男同士でこんなこと――。

「あんたのせいで女とやり損なったんだから……その分、体で返してもらう」

そんなひどい言葉を吐いても、久家の愛撫は信じられないくらいにやさしくて。

(なんで……抵抗できないんだ)

俺……おかしい。いくら微熱があるからってこんな……こんなこと。

「ひっ」

いつの間にか下半身に及んでいた久家の指が、パジャマの下衣の中まで忍び込み、ぼくのペニスに絡みつく。それを自分以外の誰かに触れられるのも、もちろん初体験。

なのに縮こまるどころか、キスと胸の愛撫ですでに形を変え始めていたそれは、新たな刺激への期待にたちまち熱を持ち――。

「い…や……やだっ」

敏感な部分を指の腹でなぞる――淫《みだ》らで卑猥《ひわい》な動き。的確な刺激と強弱。

初めて知る他人の愛撫は、抗いがたく甘かった。

「っ……あ……ぁん」

あんまり悦《よ》くて、無意識に腰が揺れる。下腹にわだかまる、熱くて鈍い疼き。痺れるような快感が全身に広がっていく。

「すげ……濡れてるぜ」

「……う、そ」

でも、嘘じゃなかった。

久家の手から漏れる——くちゅくちゅという濡れた音。自分のはしたなさに目眩《めまい》がする。羞《しゅう》恥《ち》で気が狂いそうだった。

「付け根までぬるぬるしてる」

たまらなく恥ずかしい状態をわざと言葉で知らしめられ、体がどうしようもなく熱くなる。

「イキたきゃイケよ」

ぼくを容赦なく扱《しご》き上げながら、久家が傲慢に促した。

「そんな……できないっ」

できない。そんなこと。大っ嫌いな男の手の中に出すなんて。

「できるって。大丈夫だよ」

「放し…て……放し…っ」

懇願はあっさり無視され、追い上げのピッチが上がる。

「も…う、……あ、アッ」

高まる射精感に、ぼくは激しく顔を歪めた。

「だ…め。やっ……死んじゃう」

何を口走っているのか、もう、自分でもわからない。あるのはただ闇雲な恐怖だけ。

このまま何かとてつもなく大きな波に呑み込まれ、押し流されてしまいそうで。

体がガタガタ震えるほどに恐くて——恐くて。

「死なねぇよ。気持ちいいだけだって……我慢しすぎると病気になるぞ——ほら」

「……ふっ……ぅ……あ」

だめ……もう、だめ。

ぼくは、溺《おぼ》れる者がすがるように、自分を苛《さいな》む久家にしがみつき、その硬い背中に爪を立てた。

「あ……あぁあ——ッ」

頭を真っ白にスパークさせて、どくんと弾ける。どろりと濃い液体が飛び散る気配。余韻《よいん》にびくびくと震えているうちに、あれほど体中に満ちていた熱が引いていく。

「……はぁ……はぁ」

荒い息を繰り返していると、久家が身を屈めて、涙の滲んだぼくの目許にちゅっとキスをしてくる。宥めるみたいに頭を撫でてから立ち上がり、ほどなくティッシュボックスを抱えて戻ってきた。

「ずいぶんいっぱい出たな」

体液を拭われながらそう言われても、よくわからない。普段は自慰すらほとんどしないし、もちろん他人と比べて自分はどうかなどと考えてみたこともなかった。

「なぁ……あんた、こういうの初めて？」

ぼくの股間を清めたあと、久家が熱っぽい眼差しを向けてくる。

返事をするまでもなく、一目瞭然《いちもくりょうぜん》な気がして俯いた。

ここまで未経験できたのは、肉体を触れ合わせるという行為に、拭いがたい抵抗感があったからだ。セックスがどんなものかを知った時から、潔癖症な自分にはむりだろうと、ずっと思い込んでいたのだ。

それなのに。

蓋を開けてみればこんな……。

自分がこんなに快楽に弱い、いやらしい人間だなんて知らなかった。

ずっとずっと淡泊だと思ってきたのに。

「初めてだろ？　いや、俺も男は初めてだけどさ……なぁ、そうだろ？」

打ちのめされた気分で答えずにいると、顎を摑まれ、顔を上向かされた。

「別に悪いって言ってんじゃねぇって。どっちかってぇとうれしいっつーか」

なんでそんなことがうれしいのか、この男の思考回路はまったく理解できない。

「ほんと、あんた、かわいいよ。いつもクールに取り澄ましてるあんたが乱れんのって、ぞくぞくするほど色っぽい。なんか俺……ハマりそう」

蕩《とろ》けそうな顔で言った久家が、ボタンを外すのももどかしいというように、頭からシャツを抜き取った。

ぼくとはまるで違う――筋肉が張りつめた美しい肉体が現れる。ぼんやり見つめていたら、その均整の取れた裸体が、しなやかな動きで覆い被さってきた。

熱い肉体で包み込まれ、ぎゅっと抱きしめられる。

「……かわいい」

首筋に与えられるくちづけの、屈辱的な甘さ。

その時――ぼくは完全にタガが外れきっていたに違いない。

そうでなければ、「欲しい」と熱っぽく囁いて、とんでもない場所に指で触れてきた久家の横《よこ》っ面《つら》を、殴りつけて逃げ出さなかった理由がわからない。

「もっとあんたを、ぐちゃぐちゃに泣かせてもいい？」

「…………」

予想もつかない遠くへ流されかけている自分を感じても、ぼくはもう、引き返すことができなかった。

5

『ほんと、あんた、かわいいよ。いつもクールに取り澄ましてるあんたが乱れんのって、ぞくぞくするほど色っぽい。なんか俺……ハマりそう』
甘くかすれた久家の声が、頭の中をぐるぐると回る。
次々とリフレインする――赤面ものの映像の数々。
思わず耳を塞ぎたくなるような、自分の甘ったるい喘ぎ声。
（……信じられない）
信じられないし、信じたくもないが、現実だ。
……現実なのだ。

結局――あのまま久家のマンションに泊まったぼくは、翌朝早く、車で目黒《めぐろ》のマンションの前まで送ってもらった。できればひとりで帰りたかったのだが、腰が痛くて自力では立てなかったのだ。

『あんた、体調が悪かったのにごめんな。腰……つらいだろ？　部屋まで送るから』

そう言ってエンジンを切る久家を、『大丈夫だから』と懸命に押し止める。

引き寄せてキスしようとする腕を振り払い、逃げるように車を下りた。

だるい腰を庇《かば》いながらマンションへ入り、自宅玄関のドアを後ろ手に閉めるなり、その場にグズグズと沈み込む。

冷たい鉄板にもたれて、膝を引き寄せる。苦しい息が、熱っぽい唇から漏れた。

「……はぁ」

気持ちはうすら寒いのに、まだ久家の愛撫の余韻の残る体は、じくじくと熱を持って膿《う》んでいる。移り香の甘い匂いに頭がくらくらした。

頭と体がバラバラになったみたいで気持ちが悪い。気がつくと全身が小刻みに震えていて——みずからの上半身をぎゅっと抱きしめた。

キスすら初めてだったのに、いきなりのフルコース。しかも男同士のセックス。なおさら相手は、大っ嫌いな同僚。

これ以上はあり得ないというほど、最低最悪な初体験だ。

なんで……なぜ拒めなかったのか。

自分で自分がわからない。

あれほど嫌っていた久家相手に、女みたいな声をあげて……泣いて乱れて。時間と手間をかけてじっくりと体を開かされ、とんでもなく恥ずかしい格好で深く繋がった——忌《い》まわしき記憶。

容赦なく揺さぶられながら、しっとり汗ばんだ硬い背にしがみついて……。

(……まだ、体の奥に久家がいるような気がする)

おそらくまともな男は一生味わうことはないであろう——尻の間の異物感に、ぼくは唇を噛み締めた。

ぼくだって、知りたくなかった。そんなもの……。

いっそ気を失ってしまいたい気分だったが、夕方には例の単行本の入稿があるのでそうもいかない。ここで寝込んでいたら、せっかく一日早く仕上げたことが無意味になってしまう。

「とにかく……まずはシャワーだ」

自分を奮《ふる》い立たせるようにひとりごちて、ぼくはのろのろと玄関の床から起き上がった。

熱いシャワーを浴びているうちに、ふたつの胸の尖りがぷっくりと赤く腫れているのに気づき、ひとり動揺する。

さらには痛みのある部分をそっと洗っていて、『ほぐす』と称してココを散々久家に舐めたり弄られたりしたことを思い出し、いよいよ気分が悪くなる。

「ちくしょう……恥知らずの変態っ」

バスルームに悪態をまき散らしつつ、それでもどうにかシャワーを終えて、身仕度を整え始めた。髪を乾かし、シャツを着込んだ頃には、ようやく少しだけ気持ちが落ち着いてくる。

最後の仕上げにネクタイを締めて、鏡の中の自分に言い聞かせた。

(いいか?)

昨夜の『アレ』はアクシデントだ。

野良犬に嚙まれたと思って忘れろ。

——大丈夫だ。

久家にとってはいつもの火遊び。

一夜限りのセックスの相手など、あいつには掃《は》いて捨てるほどいるはずで、別にぼくに執着する理由もない。

こっちが隙を見せればつけ込んでくる可能性もあるが、その気がないことをはっきり示していれば、そのうち忘れるだろう。

とにかく昨日のことは『不慮《ふりょ》の事故』として封印し、久家とは今までどおりに接する。

一線を引いて、ビジネスライクに。

心の中でつぶやき、眼鏡を中指でクイッと押し上げる。スーツのジャケットを羽織《はお》ったぼくは、いつもより十分早めに部屋を出た。

「おはようございます」

十時十分前に事務所に着くと、誰よりも出社の早いアルバイトの藤波が、さわやかな笑顔であいさつをしてくる。

「おはよう」

自然な声が出たことに内心安堵した。

大丈夫だ。問題ない。

だがエントランスを突っ切った直後、ワーキングスペースへ踏み出した足がぎくりとすくむ。

人気のないスペースの中に、ひとりだけ、思いがけない人物の姿があったからだ。

「………ッ」

いつも遅刻常習犯の久家が……。

もう、席にいる！

まだ始業時刻にはずいぶん間があったから、ぼくを家まで送った足で、そのまま出社するとは思わなかった。

予想外の展開に、ざーっと音を立てて血の気が引く。心の準備が……まだ。

——お、落ち着け。

踵を返して逃げ出してしまいたい衝動を必死に堪え、懸命にクールな鉄面皮《てつめんぴ》を作った。

久家の背中を横目に、彼のブースの後ろをさりげなく通り過ぎようとした刹那。

「おい」

呼び止められて、覚えず肩が揺れた。椅子を回して立ち上がった久家が、大きなストライドで近づいてくる。かなり側まで寄ると、立ち尽くすぼくの顔を覗き込んだ。

(……あ)

シャワーで洗い流したはずの移り香が、ふたたび久家からふわりと漂ってきて、思わず息を止める。甘い香りに誘発された生々しい記憶が、今にも蘇ってきそうで。

「大丈夫……みたいだな?」

張りついた無表情をかなり念入りにスキャンしたあとで、どうやら顔色は悪くないと判断したのか、心底ほっとした表情の久家がつぶやいた。

「マジで心配したぜ。あのまま自宅でひとりで倒れてるんじゃないかって…」

そこで不意に言葉を切り、めずらしく照れたような顔つきで口ごもる。

「なんか……俺もつい熱くなって……けっこうむりさせちゃったからさ」

ぼくは返事をしなかった。何を言えばいいかわからなかったし(おかげさまでちょっと疼きますが軽症です…とでも?)、こんなふうに親身になって心配されても、正直迷惑でしかない。

ぼくはできるだけ距離を置きたいのだ。らしくもなく早出して待たれても困る。

「…………」

こちらの心情を態度で示すつもりで、視線をあからさまに外した。無言で歩き出そうとした肩を摑まれる。

「待てよ」

ぼくを阻《はば》んだ久家が低く落とす。

「無視することねぇだろ。俺は本気で心配して…」

「心配しなくて結構だ」

みなまで聞く前に、固い声で遮った。続いて肩の手をすげなく払うと、間近の顔がみるみる眉間に縦じわを刻む。

「仕事を手伝ってくれたことに関しては礼を言う。——ありがとうございました」

他人行儀な謝辞を口にした瞬間、久家が爆発した。

「なんだよ、その態度は!?」

朝っぱらからの大声に、ちょうどキッチンから出てきた藤波が、びっくりした顔つきでこっちを見る。

「おい——返事しろよっ」

もちろん答えることはせず、ぼくはさっさと自分のブースに入って着席した。鞄をデスクの上に置いて、Ｍａｃを起動させる。

その間、憤まんやるかたないといった険しい表情でこちらを睨みつけていた久家が、突如自分のデスクの脚をガッと蹴りつけた。それでもまだ気が治まらないのか、自分の中に膨れ上がった怒りの発露を求めるように、パーテーションをガツッと拳で殴る。直後いきなり身を翻したかと思うと、そのまま二度と振り返ることなく、感情的な足取りで事務所を出て行った。

バンッと玄関のドアが閉まる音と同時、ぼくは止めていた息をふーっと吐き出した。

――乱暴者め。

「あの」

肩越しの声に振り向く。ぼくの斜め後ろに、マグカップを手にした藤波が立っていた。

「あ……ああ。ありがとう」

まだ少し早い鼓動を静めたくて、手渡されたカップにすぐ口をつける。ひとくち呑んでつぶやいた。

「……旨い」

「ほんとですか？」

ぱっと藤波の顔が輝く。

「うん……本当。芳ばしくて」

淹《い》れ立てのコーヒーは、お世辞ではなく本当に旨かった。これは豆のせいというより、淹れ方だろう。おそらくは手ずからドリップしたに違いない。

スタッフに少しでもおいしいコーヒーを呑ませたい——という彼の心意気を感じて、ピリピリと張りつめていた神経がいくらか和らぐような気がした。

「……久家さん、大丈夫ですかね」

ぽつりと不安げな声に、ぼくは視線を上げた。トレーの上に久家のマグカップを載せた藤波が、短気な男が去っていった玄関の方角を心配そうな眼差しで眺めている。

そうだった。彼には先程の言い争いを見られてしまったのだ。

「ああ、ごめん。久家とは仕事の事でちょっと揉めて…」

適当に誤魔化そうと言葉を紡ぎかけ、ふと口調を改める。

「俺たちが揉めていたことだけど……誰にも言わないでおいて欲しいんだ。ボスを心配させたくないから」

「わかりました」

生真面目な顔が、こっくりうなずいた。

ライト出版から戻ってきた赤字を藤波と手分けをして修正し、どうにかこうにか二百ページ分の入稿が完了したのは、夕方の四時半過ぎ。

「益永さん、お疲れ様でした」

「お疲れ。手伝ってくれて助かったよ」

「じゃあぼく、今日はもう失礼します」

ひと息つく間もなく、藤波はあたふたと荷物をまとめて事務所を飛び出していく。これから渋《しぶ》谷《や》のデザイン学校まで行って、夜間部の授業を受けるのだ。

修業の身とはいえ、バイトと学業の掛け持ちも大変だ。

少しばかりの同情の念を抱きながら、入稿の後片づけをする。

結局——午前中に出ていったきり、久家は事務所に戻ってこなかった。

社会人としてかなり問題だと思うのだが、やつがふらふらと出歩くのはいつものことなので、ボスもほかのスタッフもさほど気に留めていないらしい。もともと組織という枠にはまるタイプでないことは承知の上でスカウトしたのだろうし、基本的に久家に関しては結果さえきちんと出せば途中の経過は不問——という暗黙の了解があるようだ。

以前はその特別扱いが許せなかったが、今となってはむしろ助かる。

ぼく自身、夕方に入稿を控えていたこともあり、久家のことは常に頭の片隅にあったものの、バタバタしているうちに一日が終わってしまった感じだった。

ふたたび久家と顔を合わせることもないままに自宅へ戻り、部屋に入ってひとりになると、張りつめていた緊張の糸がふつりと緩む。どっと疲れが襲ってきて、ベッドに倒れ込むとすぐ、気を失うように眠ってしまった。

翌朝。

一晩寝て、だいぶ楽になった体とは裏腹に、気持ちはずっしり重かった。

また久家の顔を見るのかと思うと、朝から胃がむかむかしてくる。

事務所に行きたくないと真剣に思った。顔を合わさずにはいられない席の近さを、本気で恨めしく思う。しかもこれからは、【APACHE】のブックをふたりで作っていかなければならないのだ。

だからといって、ほとぼりが冷めるまで会社を休む余裕は、とてもじゃないがなかった。前の単行本が押した関係で、後ろのスケジュールはもはや一日の猶予《ゆうよ》もないほどキュウキュウに詰まっている。

這ってでも行くしかなかった。

シクシクと痛む胃を抱え、重い足を引き摺るようにして出社する。

自分の席で、取り込んだ仕事のメールに返信していたら、エントランスから藤波の声が聞こえてきた。

「あ――久家さん、おはようございます」

ディスプレイの時間表示は十時二十分。例によって遅刻だ。

片手をスラックスのポケットに突っ込んだ久家が、むっつりとワーキングスペースに現れる。

濃紺のスーツにワイドスプレッドのシャツ。こじゃれた配色のレジメンタル・タイ。外見だけはいつもながら完璧だ。しかし、こうまではっきり顔に『不機嫌』と描いてあるやつもめずらしい。

振り向きざまに目が合ったが、プイッと逸らされた。あいさつもナシ。――無視の仕返しのつもりか。

(……ガキ)

内心のムカツキを堪え、ぼくは表面上は何事もないような顔つきで午前中を過ごした。

このまま冷たい関係でいるほうがいっそ楽だとも思ったが、いい加減打ち合わせの続きをしなければ、【APACHE】のブックは、本当に間に合わなくなるだろう。どうやら久家から話しかけてくる気はなさそうだし、はなはだ気は進まないが、ここはひとつ自分が大人になって歩み寄るしか……。

ディスプレイ画面を睨みつつ、ひそかにぼくの神経は、隣席の動向を探っていた。

しかし、なかなかきっかけが摑めない。たった数メートルの距離なのに、隣りのブースをものすごく遠く感じた。いざ行こうと思うと机上の電話が鳴ったり、決死の思いで近寄ってみたら相手が席を外していたりで、間が悪い自分に苛ついているうちにも夕刻になってしまう。

刻々と迫ってくる終業時間に、ぼくの焦りは募った。

とにかく、やつが帰る前に話をつけなければと腰を浮かせかけた時、どこかで携帯が鳴り始める。久家の着メロだと気づいた瞬間、なぜか心臓がドクンと跳ねた。

「あー、おまえか。今日?……いいぜ。恵比寿まで出てこいよ」

(——女?)

思わず聞き耳を立てたが、久家が席を立ってしまったらしく、それ以上は聞こえなかった。

……女か。

やつに女からの電話なんてめずらしくもなんともないのに……そわそわと落ち着かない状態が

ひどくなる。

いよいよ仕事に集中できないでいると、定時の六時に数分のフライングで、久家が立ち上がる気配がした。

「お先ー」

誰にともなく言って、さっさと退社していく。見るともなしにぼんやり作業画面を眺めている間に、ほかのスタッフも次々と帰り始め、気がつくと事務所の中にはぼくひとりが残っていた。

(今頃……女と)

ふっと思い浮かべた刹那、久家が自分に施した愛撫の数々が蘇ってくる。一日も早く忘れようと、意識下にむりやり追いやっていた赤裸々な記憶。

『ここが……いい?』

『こうすると感じる?』

官能をくすぐるかすれ声で囁いて、全身くまなくキスをして……。

こちらが気持ちよくなるまで、実に根気強く、献身的な奉仕を続けて——。

あれと同じように、女にもするんだろうか。

何せ生まれて初めての体験で、ぼくはほとんどされるがままだったが、日頃の傍若無人ぶりとは打って代わり、ベッドの中の久家は驚くほどにやさしかった。

ほかと比べようもないが、おそらく、ものすごくうまいのだろう。男と寝るどころか自慰すらろくにしたことがなかった自分が、当然アナルセックスなど初めてだったにも関わらず、何度もイカされたくらいだ。

『や…だ。変になる。変になっちゃ…う』

『いいから。なっていいから。いくらでもイッていいから』

『だ…め……いっちゃう。また…っ』

鼻にかかったような甘ったるい自分の声がフラッシュバックすると同時、カーッとこめかみが熱くなる。

その感覚は突然だった。

突然、鼓動がものすごい勢いで早鐘を打ったかと思うと、出し抜けに、どうしようもなく切羽《せっぱ》詰《つ》まった気分が込み上げてきて——ぼくは弾かれたみたいに椅子から立ち上がった。

取るものもとりあえず、着のみ着のまま事務所を飛び出す。階段を二段飛ばしで一階まで下りた。だが、夕闇に沈みかけている住宅街を見て、足が止まる。きょろきょろと左右を見回し、たたらを踏んだ。

どこへ行こうとしているか、誰を探しているのか、自分でも明確にはわかっていなかった。ただ、このままじっとしてはいられないほどの切実な焦燥に駆られ、カフェの前を足早に横切ろうとして——。

「どこ行くんだよ？」

聞き覚えのある声で呼び止められたぼくは、はっと立ち止まった。

「…………」

声がした方向へ、ゆっくりと首を回す。

オープンカフェのテラス席に、長い脚を優雅に組んで座るひとりの男。最前列に陣取るのは外国人が多いが、その中でも男の美貌はひときわ華やかで人目を引く。

夕陽に輝く髪。どこか彫像めいた――甘い美貌。

どこにいても埋没《まいぼつ》するということがない、強烈な個性とフェロモン。

「ワウッ」

目を見開いて固まるぼくの前で、男の足許にうずくまっていたスマイルが尻尾を振った。

「久…家？」

幻覚を見るような思いでつぶやく。だって、久家が帰ったのは三十分以上前で……。

じゃあ、それから今までずっとここに？

「遅《おせ》ぇよ」

不敵な一声が放たれ、久家がすっくと立ち上がる。

「行くぞ」

呆然と佇《たたず》むぼくの二の腕を乱暴に摑んで歩き出した。

「な…何？」

行くってどこへ？

先に立つ男にわけもわからず腕を引かれ、建物と建物の間にある、人気のない裏路地へ引き込まれる。ふたり並ぶのがせいぜいといった狭い空間で向き合うと、ぼくはやっと久家を問いつめることができた。

「か、彼女は？」

「断った。つーか、初めっから会うつもりなんかねーよ」

「……え？」

子供みたいにすねた表情。

「ちっと意地悪してみたの。あんたが無視するからムカついて」

あ然と目を剝いたら、目の前の顔が渋面《じゅうめん》を作った。

「なんだよ？　うれしくねぇのかよ。あんたのために女の誘いを断ったんだぜ？」

感謝しろと言わんばかりに責められる。

ぼくはじわじわと下を向いた。

頰が……熱い。指先も、手も。

心臓が……破裂しそうだ。

小刻みに震える顎に、久家の長い指がかかる。そっとつまみ上げながら、傲慢な声を落とした。

「無視したことは許してやる……ちゃんと追ってきたからな」

何様《なにさま》だと詰《なじ》ってやりたい。

だけどそうする前に腰を手荒く引き寄せられ、唇を覆われ、ねっとりと吸われて……。

まるで——ご褒美《ほうび》みたいなキス。

入り込んでくる熱く濡れた塊。初めはやさしく、やがて猛々しく奪ってくる舌。

炉のように熱い粘膜。

蕩ける。……蕩けてしまう。

わがままで気紛れなこの男に……蕩かされてしまう。

熱っぽいくちづけにぐったりと力が抜けたぼくを片腕で抱き支え、久家は満足そうに目を細めた。ほどなく、抗いがたく魅力的な低温が囁く。

「これから……俺の部屋にくるだろ?」

耳殻からしみ込んでくる甘い声音に、唇を嚙み締めた。

自分でもどうしてかわからない。

わからないけれど……。

ぼくはどうしても、久家の誘いに首を振って、拒むことができなかった。

6

久家《くげ》のマンションに連れ込まれるなり、後ろから抱きすくめられた。

ちょっと立ち寄るだけだからとか、すぐに帰るからとか——車の中で考えていた自分への言い訳は、熱くて硬い体に抱きしめられた瞬間にあっさり吹き飛んだ。

眼鏡をすくい取られ、仰向《あおむ》き加減に唇を奪われる。

「……ん」

すぐに割り入ってくる強引な舌。まだほんのわずかに残っていた理性も、情欲の匂いがするキスにたちまち溶かされる。

「あ……あ」

ジャケットの内側に忍び込んでくる指。シャツの上から軽く擦られただけで、胸の先がじんわり硬くなる。きゅっと摘まれると、その刺激が連結しているみたいに全身がびくびくと震えた。

「……ん……んぁ」

久家の愛撫《あいぶ》によって、自分が他愛《たわい》ないほどあっさり発情していくのがわかる。いとも簡単に体が変わる。

背中がぞくぞく疼《うず》く。

下腹が……熱くて重い。

密着した久家の下半身も昂《たかぶ》っているのがわかって、その熱にもすごく煽《あお》られた。

「ここで、する？」

耳許の問いかけに、かろうじて首を振った。

「じゃあベッドに行こう……な？」

あやすように耳朶《じだ》を甘噛みした久家が、どこか苦しげな声で囁《ささや》く。なんだかもう、脚がガクガクして立っていられなかったぼくは、こくこくとうなずいた。

舌を絡ませ合うキスをかわしながらメゾネットの階段を上がり、寝室のベッドに折り重なるようにして倒れ込む。部屋が明るいと抗議する前に、性急な手で素早く衣類をはがされる。

ネクタイを解かれ、シャツを剝《む》かれて、ベルトを外されて。

そうして一糸纏《いっしまと》わぬ姿にさせられたあと、一昨日の痕《あと》をたしかめるみたいに、体中を唇で辿られる。長く器用な指で――体の奥まで、余すところなく暴かれる。

「や……ぁ……あ」

初めは感じていた羞恥心《しゅうち》も抵抗感も、久家が与える甘い毒が全身に回る頃には、何も考えられなくなっていた。

じりじりと身を割られる痛みに泣き、自分が自分でなくなってしまう恐怖に泣き、体が内側から蕩《とろ》けてしまうような快感に泣きながら……。

結局、初めてのセックスから二日と置かずに、ぼくは久家と二度目のセックスをした。

もはや『アクシデント』では済まされない――その二度目のセックス以来、ぼくの足許はずっと、ふわふわとおぼつかないままだ。

(俺は……おかしい)

まったく免疫がなかった分、二十七にして知った禁断の蜜の味は抗いがたく甘くて――。

相手が同僚だとか、男同士だとか、大嫌いな男だとか、そんなこともうやむやになってしまうほどに。

(……どうかしてる)

朝昼晩と時間を問わず、いつでも微熱があるみたいに頭がぼんやりしている。その熱っぽい頭の中を、ひたすらぐるぐる久家との情事が再生され続ける。

やさしい抱擁《ほうよう》。

意地悪なキス。

獣じみたセックス。

さすがに会社ではブレーキがかかっているけれど、ふとした油断で赤裸々《せきらら》な映像を脳裏に浮かべてしまい——体まで熱くなりかける自分にあわてることもしばしばだった。

完全に浮き足だって仕事に集中できないぼくとは対照的に、久家は相変わらずマイペースで。

遅刻してきてはふらふらと出歩き、それでも終業時間が近くなるとふらりと側に寄ってきて、当然のように誘いをかけてくる。

「来るだろ?」

そんなふうに、断られる可能性なんてこれっぽっちも考えていない顔で問われると、なんだその自信は……と腹も立つのだけれど、なぜか首を横に振ることはできなくて。

気がつくと、それがもう日課のように、久家のマンションに入《い》り浸《びた》る生活が一週間続いていた。

「……俺とエッチすんの好き?」

求められるがままに、またしてもなし崩しにセックスしてしまったあと、ベッドの中でぐったり横たわるぼくの肩口にくちづけた久家が、かすれ声で囁く。

「少しはよくなってきた?」

「…………」

「別に答えなくてもいいよ。イク時の顔見りゃわかるし」

首を捻《ひね》り、含み笑いの男を睨《にら》んだ。

「昔は自己満足なセックスもしたけど、今は自分の奉仕で相手が気持ちよくなってくれんのが気持ちいいっつーか。――特に、あんたみたいにいつもは冷たく取り澄ましてる美人が、俺の愛撫で泣き乱れたりすんのを見ると、すげー興奮する」

臆面《おくめん》もなく語られるあけすけな言葉に、ぼくはうっすら眉をひそめた。

セックスのあとは必ず、われに返ると同時に、あられもなく乱れた自分への嫌悪の念がふつふつと込み上げてくる。

なんでこうも毎回、やすやすと流されてしまうのか。

今日こそはという決意も、きつい抱擁と熱っぽいキスにあっけなく崩されて。

自分がこんなにも快楽に弱い質《たち》だとは知らなかった。

こんな関係……どう考えてもおかしいのに。まともじゃないのに。

「んな怒るなって」

ご機嫌を取るみたいに、短いキスがちゅっと鼻先に落ちる。

「なぁ……あんた、兄弟は？」

「兄がひとりいる」

「兄貴か。似てる？」

「……似てない」

「ふぅん。オヤは？」

「健在だ。母親は専業主婦。……父親は地元で内科医をやっている」

「へー、益永《ますなが》さんの親父さんって医者なのか」

もっとドライな男かと思っていたが、意外にも久家は、終わったからといってさっさと身を離すことはなかった。事後も体をぴったり密着させて、ぼくの髪を弄《いじ》ったりしながら、いろいろと話しかけてくる。

やることはやっているくせに、お互いのことをろくすっぽ知らないことに気づかされるのはこんな時で、気乗りがしないままにぽつぽつと返事をしつつも、ぼくは少しばかり複雑な気分になった。

「え？　マジ!?」

なんの話の流れからか、久家の質問に適当に相槌《あいづち》を打っていたら、突然大声を出された。

「メールってやったことないの？」

過去の遺物を見るような目つきにむっとする。

「……馬鹿にするな。メールくらい仕事で」

「そりゃ会社のメールだろ。じゃなくて携帯メール」

そう言われてみれば、携帯は通話機能のみしか使っていなかった。もちろんメール機能がある機種を持ってはいたけれど、特に必要を感じたことがなかったし。

「マジであんた、友達いないだろ？」

妙に明るい声で久家が言う。

「うるさい」

低く切り捨てると、なぜかうれしそうな顔をして、腕の中のぼくを揺すった。

ぎゅっと圧力がかかる。

重なった部分から伝わる……他人の鼓動。

うっすら汗ばんだ、滑《なめ》らかな肌。

あんなに人との接触が苦手だったのに、久家とは裸で抱き合えることが不思議だった。

こういうのもやはり慣れなんだろうか。

こんなことに慣れてしまう自分が、なんだか信じられないけれど。

「そういや知らなかったんだよな——あんたの携帯番号。教えてよ」

「え？」

ぼくは一瞬たじろいだ。とっさに意図が摑めず、まじまじと久家の顔を見返す。

「俺のも教えるからさ。メールの送りっこしようぜ」

「なんで？」

「なんでって……」

面食らったような表情を捉《とら》え、ぼくは真顔で訊《き》いた。

「会社で毎日顔を合せて、夜も会ってるのに必要ないだろ？」

「それだって離れている時があるだろ」

一転、不機嫌そうに答えた久家が、「いいから」とぼくの肩をこづく。

「携帯——持ってこいよ」

命令口調《くちょう》に苛立ったが、結局は後輩が発する逆らいがたい迫力に負けて、ぼくはのろのろと身を起こした。ブランケットを腰に巻きつけ、ベッドから下りる。床に散らばっていた衣類を探り、携帯を取り出す。その間に久家も、自分の携帯をベッドの中に持ち込んでいた。

通常のシングルのふたつ分以上の面積がある広いベッドで肩を並べ、ぼくらはそれぞれの携帯を覗《のぞ》き込んだ。久家とぼくの携帯は、偶然にも同じ機種の色違いだった。

「ナンバー言って」

ぼくが数字を読み上げると、久家がそれを自分の携帯にインプットし、続いてこなれた手つきで何やら打ち込む。

数秒後、ぼくの携帯がブルブル震え始めた。

「ほら、届いた。——開けてみ」

必要ないと言ったものの、人並みの好奇心も手伝い、ぼくはちょっとだけわくわくする気分でメール機能を初めて使った。

久家に操作手順を教えられ、ぎこちない指使いで受信ボックスを開く。現れた画面には、角張った文字が数行並んでいた。

【週末だし、今日は泊まっていけよ。明日はデートしようぜ】

(こいつ……)

――本当に、根っから天然のタラシ。

呆れ半分、気恥ずかしさ半分で、わざとそっぽを向いていたら、耳をカプッと噛まれた。

「痛《いた》っ」

「返事は?」

むりやりぼくを振り向かせた久家が、逃げられないように顎を摑んでくる。まっすぐな視線で射貫《いぬ》かれた。

「………」

このうえ休みの日までいっしょに過ごすなんて、そんなのおかしい。それじゃあまるで恋人同士みたいじゃないか。

俺たちはそうじゃなくて……ただの……。

(ただの? なんだ?)

浮かんだ疑問符にとっさに答えが出ない。

ただの――同僚?

セックスもする同僚?

「何黙《じ》ってんだよ?」

焦れたらしい久家が不満げに口を尖らせ、肉食動物がじゃれつくみたいにぼくの首筋に噛みつく。

「馬鹿……痛いって」

「答えないあんたが悪いんじゃん」

勝手で、わがままで、気紛れな男。

――嫌い。

だけど……憎めない。

相反する感情を胸の中で持て余しながら、ぼくは久家の硬く張りつめた首筋に腕を回し、そっと引き寄せた。


金曜の夜をずっとベッドの中で過ごしたぼくらは、一夜明けた土曜日、久家の望みどおりにデートをした。

本当は会社に出て仕事をするべきだという見解も頭をかすめたが――「とろいなー。ドライヤー貸してみ」などと言って、シャワーで濡れたぼくの髪を鼻歌混じりに乾かしたり、自分のワードローブを部屋いっぱいにひっくり返して、ぼくのための服をコーディネートしたりと――朝からノリノリの久家を見れば、とてもじゃないが言い出せなかった。

晴天に恵まれた代官山《だいかんやま》の街は、思い思いのファッションに身を包んだ若者で溢れ返っている。

「休みの日とかいつも何してんの？」

彼らに紛れ、槍《やり》が先《さき》の交差点を山手《やまて》通り沿いにそぞろ歩いていると、久家が不意に尋ねてきた。

「休み?」

久家にむりやり着せられた——自分じゃ絶対に選ばないであろう淡いピンクのシャツの袖を捲《まく》って、おうむ返す。やはり借り物のジーンズもそうだが、上下ともにワンサイズ大きいようだ。

「休みの日は……本を読んだり、洋書店やギャラリーを回ったり…」

「ひとりで?」

「ああ」

「じゃあひょっとして……デートすんのって、今日が初めて?」

足を止めた久家に顔を覗き込まれ、返事を躊躇《ちゅうちょ》した。

一瞬の思案ののち、どうせバレバレだろうと諦めてうなずく。すると何がそんなにうれしいのか、久家は今にも蕩けそうな顔をした。

(……なんなんだよ?)

腹の中で眉をひそめるぼくの肩を、上機嫌な久家が促《うなが》すようにポンと叩く。

「まずは昼メシでも食おうか」

その提案には、無言で首を縦に振った。どうせやつのペースになるんだったら、無駄に足掻《あが》かず、初めから下駄《げた》を預けてしまうほうが楽だ。

さすがは地元だけあって、久家は店にも詳しい。雑誌には載っていないという小さなトラットリアは、ランチの日替わりプレートディッシュが驚くほどにおいしかった。

刻み野菜がこれでもかと詰《つま》ったスパイシー・タコスと、アンチョビソースであえたペンネサラダ。そしてチーズがとろりと溶けたオニオンスープ。

普段は大概途中で胃が苦しくなって残すのに、これはきれいに完食できたくらいだ。

ぼくが洗面所に行っている間に勝手に勘定を済ませていた久家が、店を出るなり訊いてくる。

「どう？　うまかった？」

「タコスもペンネも両方すごくうまかった」

思わず口をついた素直な感想に、「よかった」と笑う。整いすぎてややきつめの印象を与える久家の貌《かお》が、その瞬間劇的に和らぐ。いつもの皮肉な笑みでなく、そんな邪気《じゃき》のない笑顔を見るのは初めてで、なんだかぼくはドキッとしてしまった。

「俺のレパートリーの中でも、この店はベスト5に入るからさ。素材にこだわってるし味は抜群だから、ここならあんたも残さず食うんじゃないかと思ったんだよね」

「……………」

高慢で高飛車《たかびしゃ》なオレ様男が、そんなふうに気遣ってくれたことが意外で……。

いよいよ気持ちが落ち着かなくなる。

「ちょっと寄りたい店があるんだけど——いい？」

久家の誘導で表通りを逸れ、人通りの少ない裏道をくねくねと曲がった。街の中心部からはかなり外れた、ごく普通の住宅街の一角に、突然、竹林に覆われた古い日本家屋が現れる。

木の引き戸に染め抜きの暖簾《のれん》がかかっているから、どうやら店舗らしい。一見して老舗《しにせ》風の店構えだ。

「……手拭い屋？」

おしゃれな代官山にはそぐわない感じの手書きの看板文字を見て、ぼくは首を傾《かし》げた。

下町ならともかく、こんなところに？

「そう。手拭い屋」

肯定した久家が、カラカラと引き戸を開けて店の中へ入る。

「いらっしゃいませ」

のんびりとした声が店の奥から聞こえてくるが、店員の姿は見えない。ぼくらのほかに客もいなかった。

客が五人も入れば満杯といったこぢんまりと狭い店内には、サラシを染め抜いた色とりどりの手拭いが所狭しと並んでいて、壁にもずらりとディスプレイされている。その色と柄のバリエーションの豊かさに圧倒されたぼくは、感嘆の声を漏らした。

「……すごい」

「な？　ちょっとすごいだろ。——大学でテキスタイルを齧《かじ》っていたのもあって、実は俺、ちょっとした手拭いコレクターでさ」

少しばかり得意気な面持《おもも》ちで、久家が説明する。

「やっぱ日本の伝統的な染めってきれいだよな。色みが深いのに鮮やかで。こんなに歴史があるもんなのに、パターンとかさ、今見ても全然古くさくねぇんだよ。オーソドックスだからこそ完成度が高くて……眺めてるだけでも触発されるっつーか」

数枚を手に取って選びつつ、つぶやいた。

「ロンドンにいた時につくづく思ったけど、ヨーロッパのやつらは自分たちの伝統的な文化とか技術に誇りを持ってる。俺たちも……目先の新しいものに飛びつくばっかりじゃなくて、もっと自分たちの文化ってのを大事にしたほうがいいんじゃねぇかって」

常に『新しい感覚』のビジュアルを発信し続けている男の意外な言葉に、ぼくは少し驚いた。

だが、同時に腑《ふ》に落ちる部分もあって。

最先端でありながらも久家の作品に浮ついたところがないのは、その根底にあるコンセプトが、実はオーセンティックだからなのかもしれない。

「それにしても……さっきのトラットリアといい――知る人ぞ知るって感じの店をよく知ってるな。雑誌なんかにも出ていないんだろ？」

「まぁね」

ぼくの問いに、久家が軽く肩をすくめた。

「足で稼《かせ》いだネタってぇの？　俺さ、表通りよりか裏道のほうが好きなんだよ。ぶらぶら歩いてると、意外なところに意外な店がぽつんとあったりするのがツボで」

(……そうか)

会社をふらふらと抜け出しては、こういった店をチェックして歩いているのか。

書物やネットから仕入れた情報ではなく、自分の足で摑んだ『生きたネタ』が、自然とアイディア・ストックになっているのだろう。

久家の斬新な発想の源を垣間見《かいま》た気がして、ぼくはそっと唇を噛み締めた。

自分とは……根本的に違う。

敵《かな》わない——この男には。

しみじみと思った次の瞬間だった。気がつくと無意識のうちに、心の声が零れ落ちていた。

「おまえは……すごいな」

「え？」

顔を横向けた久家が、鳶《とび》色の瞳を細める。

「今——なんて言った？」

「いや……だから、すごいって言ったんだよ。俺なんかとは根本からして違う」

開き直りも半分あって自嘲《じちょう》気味な声を出すぼくを、久家は訝《いぶか》しげに見つめていたが、ほどなくぼそっとつぶやいた。

「そりゃあ別の人間なんだから違うだろうけどさ」

商品から手を離してぼくに向き直る。

「認めてくれるのはうれしいけど……でも、俺なんかに言わせてみれば、益永さんのほうがよっぽどすごいけどね」

「俺のどこが…」

「あんなふうに、ひとつのロゴタイプを何ヶ月もかけて地道に微調整して、ディテールをストイックに極めることなんか、俺には到底できないし」

そんなものは根気さえあれば誰でもできる——そう言いかけた時。

「同じように英字を組んでも、あんたのはなんでかすごくシャープできれいでさ。初めはただ不思議で、なんでなんだろうって首を捻るだけだったんだけど。よくよく見てるうちに、文字と文字の間の空きとか、ものすごく緻密《ちみつ》な計算に基づいて調整してあることに気がついて。そのタイポグラフィーごとに、アルファベットのひとつひとつの特徴を追求した結果、どうすれば一番きれいに美しく見えるかを考え抜いて組まれているんだよね」

自分の手法を明解に分析されたぼくは、声もなく両目を見開いた。常にマイペースで、他人のことなど眼中にないようだった久家が、そんなふうにぼくの仕事を見ていたなんて。

「正直、そういった陰の努力がわかるやつなんてほんのひと握りじゃん。報われない労力ってやつでさ。そのために自分のプライベートを削ってるの見ると、ああ、本当にこの人、デザインが好きなんだな。敵わねぇって思って」

久家が、まるで眩《まぶ》しいものを見るような目つきでぼくを見つめる。

「俺には絶対に真似できない。ちくしょう。でも負けたくねえ。俺は俺のやり方で勝負してやるって……」

そんなふうに思っていたのか。

ぼくが久家の才能に圧倒されながらもその存在に刺激を受けるように、久家もまた、ぼくに負けたくないと思っていた？

「だから、あんたはすごいんだよ。この俺が認めるくらいなんだから。誰にわからなくても、この俺が認めてるんだから」

相変わらず強気な久家の言葉が、けれど、驚くほどすんなり体の中にしみ込んでくる。

たしかに自分と久家は違う。

水と油ほどにベクトルが違う。

だけどそれは、どちらが正しいとか優れているとか、そういう類《たぐい》のことじゃなくて。

——誰にわからなくても、俺がわかっている。

ひそかにライバルと認める相手の、力強い言葉が、心が震えるほどにうれしい。

おまえは間違っていないと、背中を押されたみたいで……。

頬が……熱い。たぶん赤くなっている。

じわじわと俯《うつむ》いたぼくは、決死の思いで唇を開き、消え入りそうな小声で「ありがとう」と囁いた。久家にはいろいろとしてもらっているのに、感謝の気持ちを口にしたのは初めてで、きちんと伝わったかどうかも心配だったけれど。

やがて久家の左手がそっと伸びてきて、あたたかい手のひらに、ぼくの右手は包まれた。

「………」

いよいよ火照《ほて》りが激しくなった顔を上げることができないまま、無言で手を引かれて店を出る。

その後も『代官山デート』は続いた。雑貨屋やレコード・ショップ、古着屋、輸入食材店など、久家のお気に入りのショップをひととおりひやかしてから、オープンテラスのカフェでひと息。

夜は、超有名フレンチのセカンドシェフが開業したばかりという、久家いわく『激レア』な店で食事をした。

おいしいフレンチを堪能《たんのう》したあと、「少し散歩しようぜ」と久家が言い出し、ほろ酔い気分で夜の旧山手通りを流す。人目の届かない場所では、強引な男に押しきられるように手を繋いで歩いた。

まるで恋愛ドラマみたいな展開に、くすぐったい気分が込み上げる。足許がふわふわと落ち着かないのは、ふたりで空けたシャンパンのせいだけではない気がした。

「今日は……いろいろとありがとう」

目黒《めぐろ》のマンションの前まで送ってくれた久家に車の中で礼を言うと、不意に肩を掴まれた。ちょっと乱暴なくらいの強さで引き寄せられ、キスを奪われる。

「う…んっ」

唇を塞がれるやすぐに隙間をこじ開けられ、顎がだるくなるまで、熱っぽく情熱的に口腔《こうこう》内を貪《むさぼ》られた。

「ごめん……ずっと我慢してたから」

名残惜《なごりお》しげに唇を離した久家が囁く。

その、艶っぽくかすれた声を耳にした刹那《せつな》、ゾクリと背中が震えた。

死んでも口にはできないけど、本当は、ぼくもさっきからずっと……。

「部屋には……呼んでくれねぇの？」

少し濡れたような色素の薄い瞳に至近距離で見つめられて、胸の奥がざわざわと騒ぐ。

「か…片づけてないから」

雰囲気に流されそうな自分を堪《こら》え、ぼくは嘘をついた。

なんとなく——自分の部屋に久家を上げることには抵抗があった。そこだけは最後の砦《とりで》のような気がしていたから。

「そっか。んじゃ、しゃーねぇな」

残念そうにつぶやいた久家は、しかし、それ以上のごり押しはしてこなかった。

「じゃあ今度な」

「……おやすみ」

キスの余韻にぼんやり浸《ひた》りつつ久家の車を見送って——暗い自室に戻ったとたん、魔法が解ける。冷たい浴室で風呂の湯を溜めながら、苦しい息が零れた。

(ほだされちゃ駄目だ)

久家にとって、こんなのは恋愛ゲームのひとつ。

男同士で、ちょっと目新しいというだけの関係。

『ひとりに縛られるなんて考えられねぇよ。束縛されんの、うざいし。どんなに旨《うま》いメシだって毎日食ってたら飽きるじゃん』

いつか耳にした久家のセリフが頭を過《よぎ》る。

……そうだ。遅かれ早かれ、いずれどうせは飽きられる。

そうなれば、いい加減な扱いをされていた今までの女たちと同じようにポイ捨てされるだけ。

理性の声はそう囁くのに。

いつの間にか、生活のすべてが久家中心に回っている——不可解な現実。

あんなに嫌っていた久家のペースにずるずると引《ひ》き摺《ず》られて、いいように振り回されている自分が不甲斐《ふがい》なかった。

会社にいても久家の言動が気になって仕事に身が入らない。タイミングが悪いことに、今は仕事でもチームを組んでいるから、本当に逃げ場がなくて……。

明らかに集中力の欠ける自分と対照的に、久家は会社でも至ってマイペースなのが、余計にやるせない。

われに返るたび、『このままじゃ駄目だ』と切実に思う。

早くなんとかしないと、取り返しのつかないことになる。

久家は今、新しいおもちゃに夢中になっている子供みたいな状態だ。

そのせいか、今のところは女遊びも中断しているようだけど、それだっていつまた復活するかわからない。

久家の携帯が鳴る都度《つど》、また女からかと過敏に反応してしまう自分も嫌だった。

体の関係だけの今なら……。

今ならまだ間に合う。

今ならまだ——ただの同僚に戻れる。

今ならまだ……。

ふたりで過ごす甘い時間の反動のように、ひとりになるとそんなことばかり考えてしまう。

そんな自分を、ぼくはどうしても抑えられなかった。

7

「益永くんさー、最近なんかあった？」

コピーライターの要《かなめ》さんの突然の言葉に、ぼくは目線を落としていた本から顔を上げた。

資料を捜しに入った書庫に先客の要さんがいて——調べ物をしている彼の斜め前の席に腰を下ろして十分ほど経った頃、その唐突な問いは放たれたのだった。

「え？　どういう意味ですか？」

とっさに眉をひそめて訊き返すぼくに、要さんが苦笑を浮かべる。

「そんな恐い顔すんなって。そういうとこは変わんないなー」

「そういうとこって…」

「ガード固いとこ。びしっと一線引いて、これ以上は踏み込んでくるなオーラ全開だもんな」

「………」

困惑するぼくの顔を、要さんはじっと見つめてきた。

「でも、やっぱりなんか雰囲気変わった気がするけど。服装のせいかね？　前は絶対そんな色しなかっただろ」

ペン先で胸許を指し示されてドキッとする。——明るいパープル地に細かい水玉が散ったネクタイは、先日の代官山デートの際、「絶対似合うから」と久家に強引にプレゼントされたものだった。いざとなると気後れが先立ち、会社に締めてくるのはかなり勇気がいったのだが。

「……変ですか？」

内心の動揺を押し隠し、平静な振りを装う。

「変じゃないよ。似合う似合う。益永くん、色が白いからどんな色でもいけるでしょう。以前はブルーとかグレーとかクールな色みでまとめていて……まぁ、それはそれでシャープな顔だちに似合っていたけど、やっぱり明るい色が胸許に来ると、やわらかいイメージになるよね」

にこにことフォローしてから、要さんはふと真面目な顔つきになった。

「言っておくけど、変わったっていうのは悪い意味じゃないよ。——今のおまえは、なんていうか……人間臭いっていうか、いい意味でつけ入る隙がある感じがする。前はあまりにストイックで、同僚の俺たちですらちょっと近寄りがたい雰囲気があったからさ」

その言葉を複雑な気分で聞いていて、そういえば、昨日も笹生《ささお》に似たようなことを言われたのを思い出した。

——益永さん、最近顔色いいですよね。顔のラインもちょっとふっくらしたような。あ……失礼なこと言ってすみません。なんだか前より話しやすい感じだからつい……。

（そんなに……変わったか？　たしかに、久家がうるさく言うから、前より食事の量は増えたけれど）

両手に山ほど資料を抱えて書庫を出る。笹生のセリフをぼんやり反芻《はんすう》していたぼくは、廊下の角を曲ろうとして目測を誤った。

「うわっ」

「おっと」

どんっと肩に衝撃を受けると同時に反り返った体を、さっと後ろから伸びてきた腕に支えられ、かろうじて転倒を逃れる。

「危ねぇな」

ふぅ…とため息混じりの低音。

「どうした？　おまえらしくもない」

「綿貫《わたぬき》さん」

声の主を振り返って、ぼくは狼狽《うろた》えた。ボスの懐《ふところがたな》刀ともいわれる長身のアートディレクターは、同僚というより上司に近くて。

「す、すみません。ぼんやりしていて」

どうやら綿貫さんは、ぼくのすぐ後ろを歩いていたらしい。

「気をつけろよ」

そう言いながらも、壁に激突した反動で廊下に散らばった本をいっしょに拾ってくれる。

「……ほら」

最後の一冊を手渡してから、綿貫さんが不意にぼくの名前を呼んだ。

「益永」

「はい」

「悩み事でもあるのか？」

「……え？」

目を見開いた刹那、切れ長の双眸《そうぼう》で鋭く射貫かれた。思わずこくっと小さく喉が鳴る。

「い……え……特には」

伏し目がちに、ゆっくりと首を振った。

「そうか。――ならいい」

あっさり引いた綿貫さんが、「じゃあ」というふうに軽く手を上げて先に歩き出す。そのぴしっと伸びたスーツの背中が視界から消えるのを待って、ぼくはひとりごちた。

「……参ったな」

ここまでくると、もう認めざるを得ない。

無自覚のうちにも、どうやら自分が外見のみならず内面的にも……以前とは変わり始めているらしいことに。少なくとも、同僚たちの目にはそう映っているということだろう。

自分に変化をもたらした元凶《げんきょう》を思い、ぼくは重い嘆息を零した。

そんなこんな――ぼくが久家とのことで悶々《もんもん》としている間にも、【APACHE《アパッシュ》】のブックは順調に進行していた。

結局装丁に関しては、『布で包む』という久家のアイディアをベースに、ぼくが作ったタイポグラフィーを組み合わせるという折衷《せっちゅう》案に落ち着いた。

本文のフォーマットはぼくが作ることになり、実際の作業は久家が担うことで、それぞれの役割分担も決まる。

毎日一時間ほど、ブックの件で久家と顔を突き合わせることは、ぼくにさらなる葛藤《かっとう》をもたらした。

打ち合わせ室でふたりきりになれば、どうしたってその存在を意識してしまうぼくとは違い、久家はドライなくらいに仕事モードに徹していて、その見事な公私の切り替えぶりは、いっそ腹が立つほどだった。

つい十数時間前、ぼくの首筋に顔を埋め、『帰したくない』と、駄々をこねて困らせたことなど微塵《みじん》も窺《うかが》わせない、クールな貌。

ベッドの中で散々甘えてきたくせに。

このまま部屋に監禁すると真顔で脅したのはどこの誰なんだ。

そんなことをつい考えてしまう自分に、ますます嫌気が差してくる。

どうしたって久家のほうが正しい。

プライベートのことで仕事が手につかなくなるなんて、それだけで社会人失格。

中学生じゃあるまいに。

駄目なのは俺のほうだ——。


その日も会社から自宅に戻ったとたんに、ネガティブの海にどっぷり首まで浸ってしまった。

理由はわかっていた。

今日一日、久家がスティールの撮影で早朝からスタジオに籠《こも》っていたのだ。久家の顔を見なければ仕事に集中できるかもしれないというかすかな期待は、あえなく覆《くつがえ》された。

いつも隣りのブースにいる人間がいない。

それだけのことで、こんなにも心許《こころもと》ない気分になるなんて……。

もちろん、普段だって常に久家が席にいるわけじゃない。どちらかといえば、いないことが多いくらいだ。それでも、『終日撮影でそのまま直帰』と決まっている状況とは、やはり違う。ふらふらと出歩いていても、夕方には必ずぼくのブースに顔を出すとわかっているのとは全然違う。

(……久家)

体は一応ディスプレイに向かっているけれど、頭の中を占めているのは、ここにいない男のことばかり。

今、何をしているんだろう。

誰と話しているのか。

撮影は順調なのか。

今日のモデルは……美人なんだろうか?

ふっと脳裏に浮かんだ疑問を、あわてて頭を振って追い払った。くだらない。モデルが容姿に優れているのは当たり前だし、たとえ彼女が久家の好みのタイプであったとしても、俺には関係ないじゃないか。

そう思いながらも、胸にぽつっと落ちた黒いシミは、時間の経過とともにじわじわと広がっていく。——久家がつきあう相手は、ほとんどがモデルか女優だという話をしていたのは、要さんだったか……。

波立つぼくの心中とは裏腹に、デスクの横に置いた携帯はピクリとも震えない。ついにしびれを切らし、携帯を持って事務所の外へ出てもみたが、スタジオで忙しく働いているだろう久家のことを思うと、一番新しいその登録ナンバーを押すことはできなかった。

午後六時——いっこうに能率の上がらない仕事に匙《さじ》を投げたぼくは、切りのいいところでMacの電源を落とした。

自宅へ戻っても、着替える気力が起こらず、とりあえずネクタイだけ緩めた。当然、食欲などまったく湧かない。かといって不貞寝《ふてね》をするには頭が変に冴えていた。

ジャケットを羽織《はお》ったまま、薄暗いリビングのソファに沈み込む。

ショックだった。久家が側にいるより、いないほうがより落ち着かないという予想外の事実にこんなことで……いいんだろうか。

愕然《がくぜん》とする。

自分で自分がコントロールできないような精神状態で、いいはずがない。

このままじゃいけないのはわかっているけど——でも。

だからといって、どうすればいいのかわからない。

……わからない。

組んだ両手をきつく握った。ぎゅっと目を閉じた眼裏《まなうら》に、久家の顔が浮かぶ。

こんなに俺を苦しめておいて、なんでおまえは電話ひとつしてこないんだよ？

おまえにとって俺は、その程度の存在なのか？

それとも……俺のことなんか忘れるくらい、今日のモデルが好みだった……のか？

昼から抱えていたもやもやと黒い不安が極限まで膨《ふく》れ上がった刹那、ぼくはソファから立ち上がった。ジャケットに財布だけを突っ込んで部屋を飛び出す。

タクシーを捕まえて乗り込み、代官山の久家のマンションの前で降りた。

（部屋に明かりがついている！）

帰ってきているのだ。

そう思った次の瞬間には、堅牢《けんろう》な外扉の前に立っていた。数日前に久家から渡されていたカードキーをセキュリティ・ボックスに差し込むと、数秒でロックが解除され、自動扉が開く。高級ホテルのようなエントランスを駆け足で通過して、エレベーターに乗り込んだ。五階で降り、何度か立ち寄った部屋の前に立つ。勢いブザーを押した。

ピンポーン。

押してしまってから、急に不安になる。

いきなり連絡もなく押しかけたりして、久家はどう思うだろうか。

こんなの……迷惑かもしれない。

自分の衝動にいまさら狼狽えている間に、ぱたぱたという足音が近づいてきて、若い女の声が届く。

「はーい」

(女⁉)

硬直するぼくの前でドアが開き、滅多にいないような美人が顔を覗かせた。

驚くほど小さくて白い顔。肩までの栗色の髪。すらりとスレンダーなモデル体型を、ぴったりとしたTシャツとジーンズに包んでいる。

「……誰?」

大きな薄茶の目を怪訝《けげん》そうに見開き、警戒したような声で問いかけてくる。

「…………」

ぼくは無言で身を翻し、今来た廊下を足早《あしばや》に引き返した。

女……女……。

女が部屋に……久家の部屋に!

久家がモデルと——という妄想が現実になってしまった！

頭の中は真っ白パニック状態で、自分では歩いていたつもりだったけれど、ひょっとしたら走っていたかもしれない。ちょうど口を開けたエレベーターに飛び乗ろうとして、入れ違いに出てきた誰かとぶつかってしまった。

「……痛っ」

顔面の衝撃にとっさに眼鏡を押さえる。

「あっぶねぇな」

ぼくの頭上から尖った声が落ちてきた——かと思うと不意に声色が変わった。

「あれ？」

顔を上げた視線の先に、携帯を持った後輩が立っている。

(久…家!?)

「益永さん!?」

そのびっくりした顔を見るやいなや、ぼくは反射的に後ずさった。だがすぐ、伸びてきた手で手首を摑まれてしまう。

「どうしたの？　あ——もしかして俺の部屋に来てくれたんだ？」

喜色を浮かべた久家が、片手でパタンと携帯を畳み、スーツのポケットにするりと落とした。

「行き違いにならなくてラッキー。スタジオが地下で電波が届かなかったからさ。俺のほうもちょうど今電話しようかと思ってたとこ…」

「放せっ」

それどころじゃないぼくが拘束を解こうとして抗うと、怪訝そうに眉をひそめる。

「何？　どうしたんだよ？」

「だから放せって！」

エレベーターホールで揉み合っているところに、背後から声がかかった。

「ユージ？　廊下で何やってんのよ？」

はっとふたり同時に振り返る。

そこに立っていたのは――やはり先程の、久家の部屋にいた女だった。

「奈々《なな》。おまえ、来てたのか」

つぶやいた久家が、ふと、何か合点《がてん》がいったみたいに片眉を跳ね上げる。ぼくの顔に視線を戻しながらひとりごちた。

「ああ、そっか……それでか」

急に笑い出した男を見て、カーッと頭に血が上る。渾身《こんしん》の力で久家の手を振り払い、ぼくは脱《だっ》兎《と》のごとく走り出した。エレベーターは閉じていたので、ホール脇の階段を選ぶ。

だが一階分も下りないうちに、後ろから追ってきた久家に捕まってしまう。

「待ってよ！　待てってば」

「や…だ……放せっ」

肩を摑まれたぼくと久家は、踊り場でふたたび揉み合った。

「部屋に女がいたから怒ってるんだろ?」

ぼくを羽交《はが》い締めにした久家が耳許で囁く。

「うるさいっ」

「あれ——妹」

思いも寄らない言葉に、抗っていた腕が凍りついた。

「……え?」

口を半開きにして固まるぼくの背後で、久家が力を抜く気配。

「益永さん、ドラマとかあんま見ないか。久遠《くおん》奈々っていって、あれで結構売れてる女優なんだけど」

女優?

モデルじゃなくて?

カジュアルな服装に誤魔化《ごまか》されていたのかもしれない。そう言われてみれば、テレビCMなどでも見覚えがある顔だ。

——妹だって?

そうか……妹……か。

自分の勘違いに気づいた瞬間、膝がカクッと崩れる。へなへなと頽《くずお》れかかった腰を、後ろから支えられた。

「思いっきしベタな誤解するあたり、あんたらしいっつーか。——まぁ、そこがかわいいんだけどさ」

苦笑混じりのつぶやきから一転、妙にうれしそうな声を出した久家が、脱力したぼくを背中からぎゅっと抱きしめてきた時だった。

「ユージ？」

硬く尖った声に顔を上げる。

件《くだん》の『妹』が、階段の上からこちらを睨み下ろしていた。


女優の久遠奈々と久家は双子だった。

たしかに冷静になってよくよく見比べれば、華やかで、かつ甘く整った目鼻立ちに共通点がある。もちろん男と女の性差もあって、瓜ふたつというほどではないけれど。

さらに有名舞台女優の久遠真梨子《まりこ》が母親と聞き、いよいよ驚愕に拍車がかかる。

それだけでも充分『別世界』なのに、なおさら父親は世界的映画監督の久家有一郎《ゆういちろう》。

「ガキの頃から何かってぇとマスコミに追いかけ回されて……勝手にプライベートの写真とかも撮られてさ。うざいから、基本的にオフレコにしてるんだ。今はどのみち、みんな別々に住んでるし」

どうやら有名人を両親に持つのもいいことばかりではないらしく、苦々しい表情で久家が説明する。

以前、家族の話を振った時に浮かない顔をした理由が、これでわかった。

この、ひとり暮らしにはどう考えても過分な広さのマンションも、いくらうちの給料が高いといっても、さすがにここに住めるほどじゃない——と思っていたら、やはり父親の持ち物なのだと言う。

その父親は現在フランスに住居を移しており、母親も舞台がない時はそちらで暮らして、東京とパリを往復する生活らしい。

そして、現在ＣＭを十本抱える売れっ子女優の妹は、青山《あおやま》の高級マンションにひとり暮し。

なんだかもう、住んでいる世界が違う。

「もちろんボスは知ってるし……いずれ益永さんにも話すつもりだったんだけど」

リビングのソファに場所を移し、すっかり毒気を抜かれた態《てい》で久家の説明を聞いていると、ひとりだけ立ったまま腕組みをしていた奈々が兄を呼んだ。

「ユージ、ちょっと」

さっきからずっと不穏なオーラを漂わせていた妹に低い声で呼ばれて、久家がわずかに表情を曇らせる。

「なんだよ？」

「話があるのよ。——ちょっと来て」

「……益永さん、悪い。ちょっと待ってて」

言い置いた久家が、渋い表情で妹とリビングを出ていく。

残されたぼくはしばらくソファに鎮座していたが、次第に居心地の悪さが募ってきて、もぞもぞと腰を上げた。

二階のトイレに行こうと部屋を出る。内廊下の半ばまで歩いたところで、奈々の甲高《かんだか》い声に足が止まった。

「あんた、ついに男にまで手を出したの？」

びくっと肩が揺れる。興奮を帯びた声は、寝室の中から聞こえてきた。

「いくらあの人がきれいだからって節操なさすぎ！」

引き寄せられるように壁際までにじり寄り、薄く開いたドアの中をそっと覗き込む。

双子の兄妹は、入り口近くのスペースで向かい合って仁王立《におうだ》ち、お互いを睨みつけていた。

「なんでそうだらしないの!?　あたしの友達だって見境なく全員と寝ちゃうし！」

「全部向こうから言い寄ってきたんじゃねぇか。俺から誘ったことなんか一度もないぞ」

「じゃあ、あの人も向こうから誘ってきたってわけ？　あんなにおとなしそうな顔して？」

痛いところを突かれたとでもいうように、久家の頬がひくりと引きつる。

「本当、やめてよね。実の兄が男とつきあってるなんてことがマスコミに知れたら、あたしが迷惑するんだから。あたしだけじゃないわよ。ママだってパパだって…っ」

「うるせーな！　やつらは関係ねぇだろっ」

苛立った久家の怒声を耳に、ぼくはゆっくり体を引いた。足音を立てないように階段を下りて、玄関をこっそり抜け出る。

部屋の外に出るなり、いきなり走り出した。突然襲いかかってきた『現実』から逃れるように、今度こそ一気に廊下を駆け抜け、エレベーターに飛び乗る。

マンションのエントランスから車道へ飛び出すと、ちょうど通りがかった空車に手を挙げ、タクシーに乗り込んだ。

「目黒まで」

行き先を告げてシートにもたれかかるとほぼ同時に、胸許の携帯がブルブルと震え始める。

「……………！」

久家だとわかっているから無視しているのに、しつこくしつこく震え続けて。

ついにジャケットの内ポケットから携帯を引っ張り出し、電源を切った。

小刻みに震える手のひらを組み、奥歯を食いしめ、目を閉じる。

――実の兄が男とつきあってるなんてことがマスコミに知れたら、あたしが迷惑するんだから。

あたしだけじゃないわよ。ママだってパパだって…っ。

久家の妹の叫びが頭の中でわんわんと共鳴する。

今まで、頭の片隅でうっすら意識しながらも、目を逸らし続けてきた――『現実』。

男同士で肉体関係を持っている自分たちが、世間の目から見れば『普通』でないこと。

『普通』じゃない関係に伴う『リスク』。

自分たちのみならず、久家の家族にまで類が及ぶかもしれない……そんな『スキャンダラスな関係』であること。

久家との甘い時間に逃避する自分を糾弾され、改めて目の前に『シビアな現実』を突きつけられた気分で――。

……恐い。

無性に恐かった。

とにかく、一刻も早く久家から遠く離れたい。

(早く……逃げなくちゃ)

焦燥に鼓動が乱れる。

――早く!

これ以上、好きになってからじゃ遅い。

好きになってからじゃ…。

心の中で繰り返した無意識の言葉に、ぼくは両目を見開いた。

(……好き?)

あいつを?

久家を?

「……違う」

そんなはずはない。そうじゃない!

ずっとずっと、五年前に初めて会った時からあいつが嫌いで…っ。

激しく否定するそばから、切なくも狂おしい想いが込み上げてくる。

嫌いなのに……なのに、ずっと目が離せなかった。気がつくと、いつもあいつの一挙一動を視線で追っていた。あいつの作品を見るたび、胸が熱くなった。絶対に負けない。こいつだけには死んでも負けたくない。

そう思ったのは……すべて。

――好きだったから？

自覚した瞬間、胸がカッと熱く灼《や》けて、ぼくは思わず手のひらで心臓を押さえた。

――好きなんだ。

そうでなきゃ誰が男になんか体を許す？

――好きだから。

あれだけ苦手だったのに、久家とだけは肌を触れ合わせることができたのは。

抱き合うことができたのは……。

あいつが特別だったからだ。

自分にないものをすべて持つ久家が。

いい加減なようでいて、本当は人一倍仕事に対しても真摯《しんし》で熱い男に――。

眩しいほどの才能に嫉妬《しっと》すると同時に、どうしようもなく魅かれていた。

その気持ちを『嫌悪』に置き換えないと、同僚としてやっていけないほどに。

『嫌い』と思い込むことで、これ以上魅かれてしまう自分に歯止めをかけなければならないくらいに。

「……馬鹿」

とっくに遅い。もうとうに……下手をすれば会った瞬間から好きになって……。

「手遅れ…だ」

膝の上の拳を握りしめてうめいた刹那、タクシーが止まった。


ドアを開ける前から、電話のベルが廊下に漏れ聞こえていた。

自室へ足を上げてほどなく留守電に切り替わり、久家の声が流れ出す。

『いるんだろ？　電話に出ろよ。出ないと今すぐそこへ乗り込むぞ！』

殺気だった声音で脅されたぼくは、のろのろとリビングの親機まで近寄り、震える手で受話器を取った。

『和実《かずみ》？　和実か!?』

耳に当てる間もなく、切羽《せっぱ》詰まった口調で呼びかけられる。

いつもと違って下の名前で呼んでいることにも気がつかないほど、頭に血が上っているらしい。

「……ああ、そうだ」

カラカラに干上がった喉を開いたぼくは、かすれた声をかろうじて搾《しぼ》り出した。

『なんで何も言わずにいきなり帰ったりするんだよっ？』

とっさに返事ができずに黙っていると、畳み込むように問いかけてくる。

『奈々と俺の話、聞いたんだろ？』

「…………」

『ごめんな。嫌な思いさせちまって。でも、あいつのヒステリーなんか気にしなくていいから。あの馬鹿、マスコミにＣＭクイーンだなんだ持ち上げられるようになってから妙にピリピリしやがって。くだらねぇ心配してる暇があったら演技力磨けって追い返してやったからさ』

取り繕ってはいるけれど、その声音からは隠しきれない焦燥が滲《にじ》み出ていた。

『親も関係ない。好き勝手やってるあいつらに、俺のプライベートに口出しする権利なんてねぇし』

そんなふうに強がられれば、余計に胸が息苦しくなってくる。

『なぁ、今からそっちに行ってもいい？　俺、考えてみたらまだ一度もあんたの部屋に入れてもらったことな…』

「やめよう」

黙って聞いていることに耐えられなくなったぼくは、久家のしゃべりを遮《さえぎ》るように口を開いた。

『和…』

回線の向こうで久家が息を呑む気配がした。

「もう……やめよう」

自分に言い聞かせるみたいに繰り返す。

「男同士でセックスするなんて、やっぱりおかしい。……不自然だ」

『和実っ』

家族に迷惑をかけるだけの——こんないびつな関係は、おまえの才能を穢《けが》すような事態を招く前に、できるだけ早く解消したほうがいい。

おまえだってじきに目が覚めるはずだ。離れてしばらくすれば、あれは一時の気の迷いだったと——きっとわれに返る。

「俺たちは……ちょっとしたアクシデントで道を踏み外しただけだ」

『アクシデントだぁ⁉』

久家がうわずった声で叫んだ。

「今ならまだ修正がきく。俺はもう下りる」

『ふざけんな！　そんな一方的な話、納得できるかよっ』

「俺は元々おまえが嫌いだったんだ。それをおまえがむりやりしたんじゃないか」

『和…実？』

「これ以上しつこくするようならセクハラで訴えるぞ」

渾身の力で作った、できうる限りの冷ややかな声音に、電話口の向こうが黙り込む。

『……本気で言ってんのか、それ？』

やがて聞こえてくる——怒りを押し殺した低音。心臓がズキリと痛む。

キリキリと締めつけられるような疼痛《とうつう》を堪え、敢えて残酷な言葉を選んで告げた。

「おまえが仕事の借りを盾に肉体関係を強要したとボスに…」

『……最っ低な野郎だな』
侮蔑《ぶべつ》の罵声《ばせい》を無言で耐える。
「…………」
身が凍るような冷たい沈黙に震えていると、不意に苦々しい声が吐き出された。
『わかった。もう二度と仕事以外では話しかけねぇよ。それでいいんだな？』
「……ああ」
唐突にブツッと回線が切れる。
わずかに仰向いて唇を噛み締めた。
これでいいんだ。
これで……。
元の関係に戻るだけ。
反りの合わない同僚という間柄に――。
暗闇の中、音声の途絶えた受話器を片手に、ぼくはいつまでも立ち尽くしていた。

8

かつての心穏やかな日常が戻ってきた。

会社がひけたあとは、自宅で食事を取り、就寝まで本を読んだり、ビデオを観たりして過ごす。

休みの日は、ひとりで静かにギャラリーを回り、心ゆくまで現代美術に浸《ひた》る。

就職してから淡々と培《つちか》ってきた生活ペースが、久家《くげ》と決裂したことによって、ふたたび戻ってきたのだ。

……それなのに。

創作に没頭できるはずなのに、以前より仕事のペースが落ちた。

理由は簡単。

以前にも増して、ぼんやりと意識を飛ばしている時間帯が多くなったからだ。

一応グラフィックソフトを立ち上げ、ディスプレイ画面を眺めてはいるのだが、マウスはほとんど動かないままという抜け殻状態が一日の半分を占めていて……。

もちろんペースが落ちたと言っても、まったく作業していないわけではないから、仕事で穴をあける——というところまではいっていなかったけれど。

ただ、よりクオリティの高いものを創ろうという気力が湧かないというか。端的に言ってしまえばモチベーションが低い。

ぼくの唯一の取り柄だった『粘り』が半減した感じだった。

なんとなく表面的に小手先で作業をこなして、とりあえず及第点《きゅうだいてん》の仕事を積み重ねている。

そんな自分を不甲斐《ふがい》なく思っても、どうしても踏ん張りがきかないのだ。

久家とは、ぼくの希望どおりに元のクールでビジネスライクな関係に戻った。

いや、以前より冷たい関係かもしれない。

ぼくはできるだけ、久家の存在を視界に入れないように努めて過ごしていたから。

【APACHE《アパッシュ》】のブックの件で顔を合わせていても、至って事務的なやりとりのみで、私語は一切交わさない。極力視線も合わさず、用件が終わるやすぐに席を立った。

正直、今はまだ久家の顔を見るのがつらかった。

生まれて初めての失恋の傷口は、いまだ生々しい痛みを持って疼《うず》いている。

気がつけば、ことあるごとに、久家のぬくもりを反芻《はんすう》している自分。少しでも気が緩むと、その腕にすがってしまいそうな自分が恐かった。

ぼくの拒絶オーラを感じているのかいないのか、対する久家の態度は一貫してニュートラルだった。感情の見えない無表情で打ち合わせを淡々とこなし、それ以外ではとりたてて変化はなし。

変わったことといえば、夕方ぼくのブースに顔を出さなくなったことくらい。

自ら望んだ状況なのに、自分から避けているのに——ぼくはあまりにクールな久家に傷ついた。

まだ、以前のように怒りをあらわにしてくれたほうが救いがあった。睨《にら》みつけるとか不快そうにするとか。こうまで見事に『ないもの』のように無視されてしまえば、もう自分が久家の中でどうでもいい人間になっていることを実感せざるを得ない。

所詮、久家にとってのぼくの存在は、その程度のものだったのだ。

肉体関係がなくなれば、自然と忘れ去られてしまうレベルの……。

久家はとっくにリセットしているのに。

面と向かって顔を合わせられないぶん、隣りのブースで電話が鳴るたびに耳をそばだててしまう自分が惨《みじ》めで。未練たらたら、久家の気配を全身で追っている自分が……。

そんな中でも、【APACHE】のブックの本文レイアウトは着々と進行して、無事に入稿も済んだ。

とはいっても、実際に最後の詰めである入稿作業をしたのは久家で、ほかの仕事に追われていたぼくは、いつの間にかデスクの上に置かれていた『入稿の控え』でそれを知ったのだが。

ぼくが席を外している隙に久家が置いたのだろう——その、クリップで閉じられたプリントアウトの束を見た瞬間、張りつめていた肩の力がふっと抜ける感覚があった。

これでコラボレーションは終了。仕事上でも久家との繋がりは切れる。

これで——本当に終わり。

脱力感といっしょに込み上げる言いようのない寂しさを、ぼくは首を振って懸命に追いやった。


アートブックの入稿から一週間経った夕方。

打ち合わせに出かけていたぼくが外出先から戻ると、事務所の雰囲気が一変していた。

妙にピリピリとあわただしい空気を察したぼくは、自分の席に鞄と資料を置いたあとで、たまたまブースの前を通りかかった笹生を捕まえた。

「何かあったのか？」

「それがですね」

整った顔をうっすら曇らせた笹生が、ひそっと囁《ささや》いてくる。

「この前入稿した【ＡＰＡＣＨＥ】のアートブック、何かミスがあったみたいで」

「ミス？」

瞬時に隣りへ目線を走らせたが、久家のブースは無人だった。

「益永さんは入稿にはタッチしていなかったんですよね」

「……ああ。俺が関わったのはフォーマットまでで、最後の詰めは久家に任せてしまったから」

うわの空で答えながら、あわててデスクの上を視線で探ったが、入稿の控えを入れた封筒は見当たらない。どこかへ仕舞い込んでしまったらしい。

手当り次第にデスクの中を探して、上から三番目の引き出しの奥に、やっと目的のＢ４サイズの封筒を見つける。性急な手つきで中から出力見本を引っ張り出した。

どこだ？　どこにミスが？

しかし、ざっとチェックしても、見た目ではおかしな箇所を見つけられない。入稿した直後にも一度目を通しているけれど、その際も気がつかなかった。

スペルミスとかだろうか？　だとすれば、文字校正をした【ＡＰＡＣＨＥ】サイドにも責任があることになるが。

（それにしても……久家がミスるなんて）

いい加減そうに見えて、あいつは仕事でポカはしない男なのに。

とにかく、ここであれこれ考えていても埒《らち》が明かない。どんな状況なのか久家に確認しよう。

不穏《ふおん》な胸のざわめきを抱え、ぼくはかつてのパートナーの姿を求めて事務所内を歩き回った。

二階のスペースでは見つけられず、三階を探そうと階段を中程まで上った時、上から下りてきた険しい表情のボスとすれ違う。

「ボス！」

ぼくの声にボスが顔を上げ、「益永か」とつぶやいた。

「【APACHE】のブック、どんなミスだったんですか？」

前置きを口にする余裕もなく、いきなり単刀直入に訊《き》く。

「どうやら入稿時にオーバープリント指定をミスったらしい。さっき色校が出たら、本来は図版の下に敷かれるはずのスミアミが手前に出ていて、文字だの写真だのに被ってしまっていてな」

「全ページですか？」

「全部だ」

ボスの低音に唇を噛んだ。

オーバープリント。

それだと、たしかに画面上も出力紙にも出ないから――入稿時に確認のしようがない。

でも駆け出しの新人じゃあるまいし、久家ほどの男がそんな初歩のイージーミスをするなんて、まず普通は考えられないのだが。

「先に久家がクライアントに謝罪に行っている」

「……そうですか」

見つからないはずだ。もう出たあとだったのか。

「俺も今から向かうところだ」

ボスと並んでエントランスまで階段を下り、厳しい顔つきで出かけていく彼を、言葉もなく見送る。ボスの姿が見えなくなったあとも、すぐには自分の席に戻る気になれず、しばらく玄関に立ち尽くしていた。

「……どうしよう」

ポツッと背後で低いつぶやきが落ちる。振り向くと、ぼくの一メートルほど後ろに、アルバイトの藤波《ふじなみ》が青ざめた顔で佇《たたず》んでいた。いつも快活な彼の、悄然《しょうぜん》とした様子に意表を衝《つ》かれる。

「きみには関係がないだろう?」

「でも……この前俺がミスしちゃったから」

そのセリフで、一ヶ月ほど前のちょっとした騒動を思い出した。

それまでは雑用オンリーだった藤波が初めて手がけた仕事——それが、やはり【APACHE】のショップカードだった。初仕事にしては出来はそう悪くなかったのだが、天地サイズを五ミリ間違えていたことが発覚して、結局、刷り直しをしたのだ。

たしかにタイミングは最悪。同じクライアントで立て続けのミスは痛い。基本的にうちは、ペナルティを食らうこと自体が滅多にない事務所なのに。

「……大丈夫だよ。【APACHE】とはつきあいも長いし、これまでに積み重ねた信頼関係があるから」

藤波を元気づけるためにそう言ったものの、二回連続のミスは、ぼくが入社してからも初めてのことで、正直なところ一抹《いちまつ》の不安は拭いきれなかった。

自席に戻っても仕事が手に着かない。落ち着かない気分で時計と睨み合い、ふたりの帰りを待つこと一時間半。

ようやく、ボスと久家が連れだって戻ってくる。

「お帰りなさい。お疲れさまでした」

飛ぶように迎えに出たぼくを見て、久家がわずかに瞠目《どうもく》した。が、次の瞬間にはふいっと顔を背ける。

（……久家）

思わずその横顔に視線を寄せたけれど、二度とぼくの方を見ることはなかった。そのままぼくの横を素通りして、ひとりさっさと自分のブースへ行ってしまう。

めずらしく疲れて見える久家の背中をしばらく眺めてから、ぼくはボスに向き直った。

「どうでしたか？」

「まだ色校の段階だからな。事前にわかってよかったと言ってもらえたよ」

その言葉を聞いて、ほっと胸を撫で下ろす。

「ただし、これからすぐに直しのデータを作って、今日中に再入稿しなければならない」

「戻しのリミットは何時ですか」

「印刷所は十時まではギリギリ待ってくれるそうだ。俺は別件で、これからまた綿貫と打ち合わせに出るが――おまえ、フォローできるか?」

ボスの確認にぼくはうなずいた。

言われるまでもなく、そうするつもりで待っていたのだ。

三階へ上がるボスと別れ、ワーキングスペースへ戻る。久家のブースに入り、すでに作業を始めている男の後ろに立った。

ぼくの存在に気がついているのだろうに、久家は振り向かない。拒絶オーラをひしひしと感じながらも、ぼくは口を開いた。

「今から全部のデータを直すんだろ?」

返事はなかったが、腹の底にぐっと力を入れて、続きを絞り出す。

「手伝うから、半分寄越《よこ》せよ」

「俺のミスだ。あんたには関係ない」

かたくなに背後を顧《かえり》みることなく、冷ややかな声音だけが返ってきた。

――関係ない。

その言葉にズキンと心臓が疼く。久家がそう思っていることは薄々わかっていたけれど、改めてはっきり口に出されるのは、やはりつらかった。

(でも……プライベートではもう関係がなくても、同僚としての繋がりはまだ残っているはずだ)

胸の奥からじわじわと全身に広がる痛みをそっと両手を握って耐え、できるだけ冷静に告げる。

「俺が単行本の件で窮地《きゅうち》に陥っていた時は、おまえが手伝ってくれた」

「…………」

「それに……」

いったん言葉を切って、訴えかけるように言った。

「俺たち、仲間だろう?」

椅子を回して振り返った久家が、鳶《とび》色の瞳を細めてじっとぼくの顔を見つめてくる。

こちらの真意を見定めるような視線を、ぼくは揺るぎなく受けとめた。

どんなに邪険にされても、絶対に退くつもりはなかった。

今までの人生において負け知らずでここまで来た男だ。仕事上のミスも初めてなら、クライアントに頭を下げたのも初めて。おそらく、プライドが相当に傷ついているだろう。

あの時、久家はぼくを助けてくれた。

自分の方法論にこだわって、他者のフォローを受けつけなかったぼくの『殻』を、その強引なやり口でうち破ってくれたのだ。

困った時に助け合える仲間の存在を教えてくれた久家に……ぼくも返したい。

おまえを助けたいんだ。

おまえの力になりたい。

そう――瞳で訴える。

言葉にすることはできないけれども。

無言でぼくを見据えていた久家が、ゆっくり、二度ほど目を瞬かせた。やがて、目線を伏せると顔をすっと背け、もう一度椅子をくるりと回す。

「……………！」

背中を向けられたぼくが身じろぐと同時、ＭＯディスクをドライバーに差し込み、無言でデータを移し始めた。

（……よかった）

どうやら手伝わせてくれるようだ。

こっそり安堵《あんど》の息を漏らすぼくの背後から、あの…と声がかかる。

「俺にできることがあったら、お手伝いさせてください」

そこには、とっくに帰ったと思っていた藤波の姿があった。

「——藤波？」

「でもきみ、学校はいいの？」

「今日は自主休講しました」

こんな状態で学校に行っても、気になって授業に身が入らないと判断したのだろう。

「足手まといにならないようにがんばりますから、お願いします！」

真摯な眼差しに、ぼくはうなずいた。

「じゃあ、確認作業をしてもらおうかな」

「ぼくも手伝います」

不意にパーテーションの陰から笹生が顔を覗《のぞ》かせる。

「……助かるよ」

少女めいた顔がにっこり笑った。


「できた！」

「藤波くん、チェックのほうどう？」

「あと二見開きです！」

「確認できた順にデータをＭＯにコピーしよう」

「悪《わり》ぃ。誰か――出力指示書、書くの手伝って」

「あ、ぼく、やります！」

四人がかりの直し作業が完了したのは夜の九時四十分。

「印刷所まで何分かかる？」

ぼくの問いに、久家が腕時計を睨む。

「車で十五分ってとこか。ギリギリだな。さっき連絡を入れたから、多少は待ってくれると思うけど」

言うなり、データの入ったＭＯと出力見本を抱えて、事務所を飛び出していった。

「事故るなよ！」

久家を玄関から送り出したあと、休みなくマウスを動かし続けた右腕を揉みほぐしつつ踵《きびす》を返す。——と、エントランスの中程で、荷物を抱えた笹生と鉢合わせした。

「ちょっと人と会う約束があるので、お先に失礼します」

こんな時間から？　と驚きながらも、約束があるのに残ってくれた後輩に感謝する。

「遅くまでありがとう。時間大丈夫？」

「大丈夫です」

退社していく笹生を見送ってふたたび歩き出す。ワーキングスペースの手前で、今度はキッチンから出てきた藤波と顔を合わせた。

「笹生さんは、約束があるって先に」

「ああ、今そこで会った」

彼の持つトレーには、湯気の立ったマグカップがふたつ載っている。

「コーヒー、淹《い》れてくれたのか」

「はい。どちらで休憩します？　ここでいいですか？」

「ああ——そうだな」

藤波が目線で指し示した作業デスクに、向き合うようにして腰を下ろした。

「お疲れ様でした」

コーヒーをぼくの前に置いた藤波が、改めてといったニュアンスで告げる。

「きみこそ。手伝ってくれてすごく助かったよ」

心から言った。実際の労働力以上に、藤波と笹生が手伝ってくれたことは、精神的に心強かった。たぶん、久家にとっても。

「本当にありがとう」

こうしてコーヒーを淹れてくれたこともそうだが、ここ最近、藤波のさりげない気遣いにずいぶん癒《いや》されている気がする。

「や……なんかあんまりお役に立てなかったですけど」

照れたような顔つきでコーヒーをすすっていた藤波が、ふと真顔になる。

「あの……」

口火を切っておきながら、不可解な間を置く目の前の顔を、ぼくは訝《いぶか》しげに見つめた。

「どうした？」

「こんなことに俺が口出すの……僭越《せんえつ》なんですけど」

「だから何？」

歯切れの悪さに戸惑いつつ促《うなが》すと、思いきったように口を開く。

「益永さん、ひょっとして久家さんと喧嘩してました？」

いきなり核心を衝く質問に、ドキッと心臓が跳ねた。

「なんで？」

内心の狼狽《ろうばい》をひた隠して、できる限りなんでもない振りを装う。

「ああ……前にちょっと揉めた時、きみがいたんだっけ」

うなずいた藤波が、少し言いづらそうにつぶやいた。

「なんか最近、久家さんが元気ないから」

「久家が？」

「はい。プチ大城《だいじょう》の面影はいずこって感じで……あ、プチうんぬんはご本人たちには内緒にしておいてくださいね」

片手で拝まれて苦笑する。

「でも真面目な話、ここのところオレ様オーラが半減してますよ」

「………」

この二週間、ぼくはなるべく久家を見ないようにしていたから……気がつかなかったけれど。

スタッフ全員のフォローが仕事の藤波は、誰よりみんなのことをよく見ている。もしかしたら、事務所の中のことを今一番わかっているのは、この男なのかもしれない。その彼が言うのだから、本当なんだろう。

たしかに、こんなイージーミスをするなんてまったく久家らしくない。

「なんかあったのかなぁ。あの久家さんに限って、失恋なんてことはないだろうけど」

ひとりごちるような問いかけに、びくっと肩が震える。

(まさか)

そんなわけが。

あの百戦錬磨《ひゃくせんれんま》の久家が、ぼくのことくらいで傷つくなんて……そんなことがあるわけがない。

「こんなこと言っちゃうの、反則かもしれないんですけど……時々、久家さんがすっごくつらそうな顔で益永さんのことを見ていることがあって」

「久家…が？」

「後ろからとかだから、たぶん益永さんは気がついていないだろうなぁって思ってたんですけど」

久家が……俺を？

見ていた？

——すっごくつらそうな顔で。

（俺のせい……なのか？）

ぼくが、おまえを……。

傷つけたのか？

自覚した刹那《せつな》、焼きゴテを押しつけられたみたいに、胸の奥がカッと熱くなった。それと同時に、あの電話の夜から意識的に封印していた感情が、どっと溢れ出す。

おまえの家族のことを言い訳にしていたけれど、ぼくは本当はただ……自分が恐かっただけなのかもしれない。

ぼくは恐かった。

おまえという存在が、自分の中でどんどん大きくなっていくのが。

朝も昼も夜も、おまえのことばかり考えて、ほかのことは何も考えられなくなるくらいに。

おまえにハマってしまうのが。

……恐かったんだ。

どうしようもなくおまえに溺《おぼ》れてしまったあとで、飽きられて捨てられたら——生きていけないと思ったから。

二度と立ち直れない。そう思ったから。

だから臆病《おくびょう》なぼくは、自分が傷つきたくないばかりに、おまえから逃げて。

おまえがぼくのことで傷つくなんてあり得ないと、自分勝手に逃げをうって。

(……久家！)

デスクの下で、膝に載せた手のひらをぎゅっと握った時、スーツの内ポケットがブルルッと震えた。ダイレクトな振動にたじろぎ、反射的に胸許から携帯を取り出す。開いた画面には、メールの受信を知らせるマークが点滅していた。

——久家？

携帯にメールを寄越す相手なんて、ほかに心当たりはいない。もっともこの二週間、久家からのメールも途絶えていたけれど。

かすかに震える指で受信フォルダーを開く。

【件名／無事入稿した】

予想どおり、送信者は久家だった。

その名前を見ただけで、近くの藤波に聞こえやしないかと心配なほど、心臓がうるさく騒ぎ出す。暴走する鼓動を必死に宥《なだ》めて文面を目で追った。

【今さっき無事入稿が終わった。助かったよ。ありがとう】

「久家からだ。無事入稿したらしい」

「よかった」

ほっとした表情の藤波に小さく微笑《ほほえ》んで、続きをスクロールした。

【仲間ってのはありがたいもんだって痛感したけど、やっぱり俺、ただの同僚なんて嫌だ】

携帯を持っている手がぴくっと震える。

【あんたを独り占めしたい】

目を見開き、息を呑んだ。

【誰にも渡したくない】

だんだんと、画面が涙で滲《にじ》んでぼやけ始めて――。

【あんたの、最初で最後の男になりたい】

「……馬鹿」

ぽつりと落ちたつぶやきに、藤波が目線を上げる。

「何か言いました？」

無言で首を振って唇を噛み締める。

自信過剰で……自分勝手で……女にだらしなくて。

でも、本当は無器用なくらいまっすぐで真摯《しんし》な。

（俺の……）

ガタンッ。

玄関の扉が開く音に、はっと顔を振り上げる。腰を浮かせて、音がした方向を見た。

あわただしく玄関を抜けて、急《せ》いた足取りでエントランスに入ってくる長身の影。

黒く塗りつぶされた――そのシルエットだけで誰だかわかってしまう自分に軽い目眩《めまい》を覚えながら……。

「益永さんっ!?」

驚愕したような藤波の大声で気がつく。

体の中いっぱいに満ちた熱い想いが、ぼくのまなじりからポロポロと零れ落ちていた。

「ど、どうしたんですかっ」

カツンッ。

右手から携帯が滑り落ちる。

だけどもう、そんなことを気にとめる余裕もなく。

狼狽える藤波の横を擦り抜けた時には、ぼくの頭からは、彼の存在はきれいさっぱり消え失せていた。

あれだけ胸を蝕《むしば》んでいた怖れも惑いも不安も、その瞬間吹き飛んで。

とにかく。

走って――無我夢中で走って。

駆け寄るぼくの姿を認めたとたん、長身の男はエントランスで立ち尽くした。

「久家っ」

その名を叫び、まだ少し息の荒い男の首筋にしがみつくと同時、体がしなるくらいきつく抱きしめられた。ふわりと、甘い香りに包み込まれる。

「和実っ」

吠えるみたいに名前を呼ばれた。

骨張った手が涙で濡れた頬を包み、少しかさついた熱い唇が覆い被さってくる。

「………っ」

ぼくも夢中で、久家の求めに応えた。

みずから口を開き、濡れた舌を誘い込む。かたく抱き合ったまま、息をすることも忘れて舌を絡ませ合った。何度も何度も、角度を変えては唇を合わせることを繰り返し――。

「……ふ」

二週間のブランクを埋めるような、情熱的で激しいキスからわれに返ったのは、およそ五分後。

「メール……見た?」

久家の胸の中で乱れた息を整えながら、ぼくはうなずいた。

「結果報告だけのつもりが、打ってるうちになんだかだんだん……歯止めがきかなくなっちゃって。会社に戻っても藤波と笹生がいるし……話できないなって思ったから」

その名前を聞いてようやく、すっかり失念していた人間の存在を思い出した。

「……藤波は?」

おそるおそるの問いに、頭上から囁きが返る。

「消えたぜ」

「――いつ?」

「さっき。……ボスと」

ぼくはぎょっと顔を上げた。

「ボスと!?」

「どうやら、俺と数分の差で戻ってきたらしいな」

「で……ど……どんな?」

「別に――いつもどおり。しゃーねぇなって感じで肩すくめてたけど。ひょっとしたら俺たちのこと、薄々気づいていたのかもな。あの人、見てないようで見てるから」

まるで他人ごとみたいにつぶやく久家の顔を、複雑な気分で見つめる。こういうところは不敵というか大物というか。

われを忘れて抱きついたのは自分なので、誰にも文句は言えないけれど。

「――で、フリーズ状態の藤波の手を引いて出ていった」

「……そうか」

ぼくを荒々しく翻弄しながらも、しっかり周りの様子にも神経を行き渡らせていた久家に、ちょっとばかり衝撃を受ける。

——余裕じゃないか。

ぼくなんか、抱きしめられた瞬間に、久家のことしか考えられなくなっていたのに。

「どうする？　ボスは大丈夫として、藤波だけでも口止めするか？」

問いかけられ、しばらく思案する。

「いや……いいよ。あいつなら大丈夫だ」

首を振ったぼくが少しだけ体を離すと、すぐに不安そうな声が降ってきた。

「和実？」

顔を上げた先に、熱っぽい光を湛《たた》えつつも、どこかすがるような瞳がある。

……ちっとも余裕なんかない貌《かお》。

やっぱり、同じなんだ。おまえも。

気がついた刹那、切ないような、甘苦しいような気持ちが込み上げてくる。

ぼくは、ふたたび抱き寄せようとする久家の手を取った。その鳶色の双眸《そうぼう》を見上げて囁く。

「うちに……来るか？」

久家の目がゆっくり見開かれた。

9

１ＬＤＫの自宅マンションに久家を招き入れたぼくは、リビングの電気を点《つ》けてカーテンを引いた。

目黒駅から徒歩五分の位置にあるマンションは、極力、色みと装飾を抑えたシンプルなインテリアで統一してある。唯一目につく家具といえば、リビングの壁一面に設《あつら》えた書棚で、ここには長い年月をかけて集めたアートブックや写真集がみっしりと詰まっていた。

ここに越してきてから三年が経つけれど、他人を上げるのは初めてで、部屋に自分以外の人間がいるというだけで、なんとなく落ち着かない気分になる。

「なんか実にあんたらしい部屋だな。余計なものはひとつもなく、とことんシンプルで機能的で」

しばらく室内を物珍しそうに見回していた久家が、ネクタイのノットを緩めながら、視線をぼくに向けてくる。

「なぁ……親兄弟以外でここに上がるの、俺が初めて？」

なんでそんなことを訊くのかと訝《いぶか》しく思ったが、とりあえずうなずいた。

「ああ……そうだな」

「おっし」

小さくガッツポーズを決める男に、眉をひそめる。

「なんだよ？」

いよいよわけがわからないぼくの前に立ち、久家が臆面《おくめん》もなく宣言をした。

「あんたの『初めて』は、全部俺がもらうことに決めたから」

ぼくは黙って、そんな恥ずかしいセリフを口にしても不思議と様《さま》になる年下の男を見上げた。

澄んだ鳶色の瞳を見つめるうちに、胸の奥からひたひたと湧き出る、あたたかいもの。

愛しい気持ちが……溢れそうで。

思わず俯《うつむ》いたぼくの顎に、久家の長くて形のいい指がかかる。そっと持ち上げられ、名前を呼ばれた。

「……和実」

熱っぽい双眸が、ぼくを揺るぎなく見つめる。やがて官能的な膨らみを持つ唇が低く囁いた。

「……好きだ」

初めて口にされた言葉に、全身が歓喜に震え、体が徐々に熱くなってくる。

(……久家)

「ずっと……好きだった」

「ずっと?」

ぼくは両目を瞬かせた。

「たぶん、初めて会った時からだから……五年前からか」

「え? 初めて会ったのは二年前…」

「いや、入社の前に会ってるじゃん。グラフィック展の受賞式で」

当たり前のようにそう言ったあとで、久家は少しばかり傷ついた顔をした。

「ひでーな。覚えてねぇの？」

だって。

俺にとっては生涯忘れられない出会いでも、まさかおまえがあれを覚えているなんて、考えもしなかったから。

「おまえ……覚えていたのか？」

「覚えてるも何も」

心底驚いた声を出すと、こっちこそ驚いたというふうな呆れ声で返された。

「つか、あんた……自分のことなんだと思ってんだよ？」

「何って」

……言われても。

「まぁ、自覚がないとこがあんたらしいっちゃらしいけど。あんたはね、有名人だったよ。あの頃から。——芸大のデザイン科にものすげー美人がいるって多摩美《たまび》でも評判でさ。しかも作る作品がまた学生とは思えないクオリティだって。あの頃の美大生で、益永和実の名前を知らねぇやつはモグリだよ」

有名人だとか評判だったとか、自分では思いも寄らなかったことを言われて、ぼくはひたすら戸惑うしかなかった。

「俺はさ、ガキの頃から周りに芸能人とか普通にいたから、ちょっとやそっとの見てくれじゃ動じないはずなんだけど……さすがに受賞式であんた見た時は『すげぇ』って、大げさじゃなく電流が走った。男でこんなにきれいなやつもいるんだって。噂以上だったよ」

「で、電流？」

ぼくが面食らっている間にも、久家の語りは途切れなく続く。

「なんつーか、顔貌が整ってるだけじゃなくて、佇《たたず》まいっていうの？　ちょっと話しかけるのが恐いくらい、華奢《きゃしゃ》なのに凛《りん》として……肌が透き通るみたいにきれいで」

とても自分のこととは思えない、過分な誉め言葉に頬が熱くなった。

「あの時はあんたの美貌に圧倒されて、話しかけられなかったんだけど、その後もずっと気にはかかってて」

「………」

「で、ボスに事務所にスカウトされた時に、あんたがスタッフにいるって知って。本当はどこかに所属するなんて柄じゃないし、就職するつもりなんて毛頭なかったんだけど、ちょっと気持ちが揺らいでさ」

ぼくはあまりにびっくりしてしまって、本当にもう言葉が出なかった。久家が事務所に入る経緯に、自分の存在が一枚噛んでいたなんて、想像だにしなかったから。

「ところが、いざ事務所に入ってみたら、あんた、めっちゃ冷てぇし。なんでかわからないけど、どうやら嫌われてるみたいだってわかった時はショックで、しばらく立ち直れなかった」

当時の衝撃を思い出したみたいに、久家が眉根をきつく寄せる。

「落ち込みつつも、ちくしょう、絶対いつか俺を認めさせてやるって、ひそかに燃えたりしてさ」

そんなふうに思っていたなんて、ぼくは考えもしなかった。ただ、いい加減な女たらしと忌《い》み嫌って。それさえも今にして思えば、嫉妬《しっと》の裏返しだったのだけれど。

「でも……見た目だけじゃないぜ。あんたに魅かれた理由は」

かすかな自嘲《じちょう》を浮かべていた面《おもて》が、ふと真顔になる。

「あんたは中身もきれいでさ。壊れやすいガラスみたいに、無垢《むく》でピュアで。自分に厳しくてひたむきで真摯で——そんなあんたを知れば知るほど、どんどんハマッていく自分をどうしようもできなかった……。憂さ晴らしにどんなに女と遊んでも、結局はあんたのことを忘れられなくて」

熱っぽい眼差しがぼくを射貫《いぬ》いた。

「俺なんか眼中にないって感じで涼しい顔で取り澄ましてるあんたを見ると、いつもなんか……狂おしい気分になった。このまま……真っ白なままでいて欲しいって思う気持ちとは裏腹に、俺の手でめちゃめちゃに汚したいっていう凶暴な衝動にも駆られて」

昏《くら》く熱い声で囁きながら、久家の滑《なめ》らかな手の甲が、ぼくの頬を撫でる。

「だから……あんたが俺の腕の中に墜《お》ちてきた時——どうしても抑えられなかった」

「……久家」

「生真面目なあんたが世間とのしがらみで苦しむことはわかっていたけど……どうしても俺のものにしたくて。絹みたいな黒髪も……恐いくらい白い肌も……折れそうに細い体も全部」

喉に絡んだような、途切れ途切れの独白。

「あんたが俺のものになってくれるなら、引き換えに全部捨ててもいい。あんたさえ手に入ったら、ほかには何もいらない」

誰より世慣れているはずの男の、ひたむきともいえる無心な言葉に胸が震えた。

(有志)

俺も同じだ。

おまえがどうしようもなく欲しい。

たとえいつか、この関係によって、ふたりが苦境に立つ日がくるのかもしれなくても。

おまえの家族を苦しめることがあるとしても。

それでも……どうしても諦められない。

罪も罰もすべて引き受けるから――だから。

「……して」

ぼくは震える手で、久家の手を摑んだ。

「おまえのものに……してくれ」

決意と覚悟を眼差しに込めて囁く。

「俺は全部……おまえのものだから」

「和実……」

じわじわと双眸を見開いた久家に、ぎゅっと、きつく抱きすくめられた。

「何があっても俺が護る。絶対あんたを泣かせない。絶対絶対、幸せにするから」

こんな――今時十代の子供だって口にしないストレートなセリフが、涙が出るほどうれしいなんて。

「久…家っ」

喘ぐように呼んだ唇を、貪るみたいに覆われた。

口腔内に押し入ってくる濡れた舌。

もどかしげに舌先を吸われ、口の中をかき混ぜられ……唾液をすすられる。

——熱い。

頭の中が蕩《とろ》けてしまいそうなくちづけに、背中をぞくぞくと快感の兆《きざ》しが這い上がってくる。

「ん……う、んっ」

キスだけで息を荒くしたぼくを、久家はゆっくりと床に押し倒した。背中にひんやり硬いフローリングの質感を感じるのと同時、久家の唇が首筋に吸いついてくる。

「……あっ」

痕がつくくらいねっとりと強く吸われて、ぼくは小さく喘《あえ》いだ。ざらりとした舌で嘗め上げられ、びくっと背中が跳ねる。

体重をかけてぼくを床に縫い止めた久家が、右手でぼくの眼鏡を抜き取った。レンズのフィルターが消えてあらわになった目許に短いキスを落としつつ、ネクタイを解く。しゅるっと音を立ててシルクの布が引き抜かれた。

次に、シャツの前立てのボタンに指がかかる。ひとつ、ふたつと外されて、ほどなく前をすべてはだけさせられた。

肌を空気にさらす感触が心許《こころもと》ない。

そう思った瞬間、久家の指が胸の尖りに触れてきた。

「……やっ」

ぴりっと電流が走る。ここを弄《いじ》られるとそれだけで自分が乱れてしまうことを知っているから、自然と体が逃げを打った。

だけど久家はそれを許さない。

動けないようにぼくの肩を押さえつけ、少し乱暴なくらいの指遣いで、左の乳首を摘《つま》んでくる。

「あ……や……ぁっ」

摘まれたままクニクニと弄られ、爪の先で引っかかれて、その強烈な刺激に全身が震えた。

「だ……め……んっ」

甘くかすれた声を放ち、体を小刻みに揺らす。擦られるたび、どんどん敏感になっていく突起。

ぷつりと赤く尖りきったそこから、ジンジンと痺《しび》れるような甘い疼きが下半身まで走って——。

どうしよう。……もう。

「乳首だけで感じちゃった?」

ぼくの恥ずかしい状態を察したみたいに、久家が訊いてくる。

とっさに首を振ったけれど、下半身は熱を持って昂《たかぶ》り、痛いほどに張っていた。

「和実……かわいい」

蕩けるみたいな表情で言って、甘く整った貌が下りてくる。そっとぼくの唇を吸った。

「………ん」

やさしいキスの間も、乳首を弄る指はやまず、ぼくはどんどん追い上げられて。

じんわりと下着が湿る感触に、うっすら涙が浮かぶ。

「……どうする？」

まなじりの涙を唇で吸い取りながら、久家が囁いた。

「ここでする？　それとも寝室？」

セックスの時の久家は、日頃の傲慢《ごうまん》さが影を潜めて、すごくやさしくなる。自分の要望よりも、極力ぼくの意向を尊重してくれるのだ。

「……寝…室」

そう答えたけれど、ぼくはもう自分で立ち上がれる状態じゃなかった。それは久家もわかっていたようだ。身を起こすと、ぼくを横抱きにする。

「首にちゃんと摑まってて」

そう言われて硬い首筋にしがみついた直後、体がふわりと浮いていた。

「寝室、どこ？」

「廊下の……奥」

なんだか年端《としは》のいかない子供になった気分で、気恥ずかしいのを堪えて答える。

いわゆるお姫様抱きの状態で、ぼくは内廊下を移動した。

ぼくを抱いたまま寝室のドアを開けた久家が、壁ぎわのスイッチで電気を点けた。

オレンジ色の間接照明に照らされて、セミダブルベッドが浮かび上がる。

しわひとつなくベッドメイクしたリネンの上にぼくをそっと横たえてから、久家は自分のネクタイを抜き取った。シャツの胸許を緩め、腕時計を外す。

その仕種《しぐさ》をぼんやり眺めているうちに、だんだんと心臓がドキドキとし始めた。

体を重ねるのは初めてじゃないけれど。

でも、今まではずっと久家の部屋だったから、自分の寝室でするというのがなんだか生々しい感じで。

「電気……」

いたたまれない気分で半身を起こし、せめて照明を落とそうと、ベッドサイドのスイッチに伸ばしかけたぼくの手は、しかし久家に邪魔された。

「駄目だ」

ぼくの手首をしっかり摑んで首を振る。

「……なん…で?」

「今日はこのままするの。今日の俺には、あんたがエロく乱れる姿とかをつぶさに見る権利がある。なんたって二週間も禁欲したんだからな」

「………っ」

前言撤回。あんまり……というか、全然やさしくない。

恨めしげに見上げるぼくを、ベッドに乗り上げた久家がおもむろに組み敷いた。

「俺……あんたのことオカズにして自分で抜いたんだぜ」

苦しいような声が頭上から落ちてくる。

「女っ気のない中学生みてーに、ひとりで悶々《もんもん》としてさ。あんたのイク時の声とか顔とか思い出して」

責めるみたいに言いながら、久家はぼくのベルトを外し、ジッパーを下げる。

やがて下着の中に滑《すべ》り込んできた骨張った手が、さっきの胸への愛撫ですでに濡れていたペニスに絡みついた。

「もうぐちょぐちょじゃん。先っぽから溢れて……ぬるぬるしてるぜ」

容赦なく、はしたない状態を言葉にされて、羞恥《しゅうち》が込み上げる。

意地が悪い。なんでそんなこと。

潤んだ瞳で睨んだら、久家は艶っぽい笑みを浮かべて、ぼくの欲望を握った手を動かし始めた。

「……あ、…っ」

感じやすい裏の筋を、指の腹で擦り上げられる。熱い手のひらが、張りつめたふたつの袋を揉《も》みしだく。

「あ……っ……ん」

動きに合わせて、じわじわと愉悦がしみ出してくる。頭が白くなるような快感に、先端からまた蜜が滴《したた》り落ちて、久家の手のひらの中でぐちゅぐちゅと濡れた音を立てた。

「ん……んっ」

卑猥《ひわい》な音に身を火照《ほて》らせていると、いきなり下着ごと下衣を下ろされる。すでに形を変え、半分勃《た》ち上がった欲望がぬるんと飛び出した。

「やっ……」

そんな——俺だけなんてずるい。

あわてて隠そうとするぼくの抵抗は、あっさり阻《はば》まれた。

「駄目。ちゃんと見せて」

それどころか、久家は折り畳むようにぼくの脚を持ち上げ、大きく左右に割り広げる。

「……ひっ」

浅ましい状態の自分を余すところなく久家の目にさらされる恥辱《ちじょく》に、ぼくは思わず目をつぶった。

「あんたって……本当、こんなところまできれいにできてるのな」

感嘆めいた声で囁かれ、唇を噛み締める。

「うっすらピンクに色づいて……可憐《かれん》なくせに濡れ濡れで」

それで誉めているつもりか？

「食っちまいたいくらいに……かわいい」

問題発言にぎょっとする間もなく、熱い口腔《こうこう》内へ含まれる。

「や……いやっ」

幾度かの久家との交わりで施された性技の中でも、そのダイレクトな愛撫はすごく恥ずかしくて、ぼくはまたそれをされると思っただけで泣きたくなった。

「いいから……大丈夫だから」

ぼくをくわえたまま、久家があやすように言う。粘膜が伝える微妙な振動に、彼の口の中のぼくは、びくびくと震えた。

ぴちゃぴちゃと、わざとじゃないかと思うほどの音を立てて、久家がぼくのものを嘗めしゃぶる。先端の小さな孔を舌先で嬲《なぶ》る。

この世のものとは思えない快感と刺激に、ぼくは身悶《みもだ》え、腰を揺らした。

「も……ぅ……だ、め」

もう弾ける――そう思った刹那、久家がぼくを離した。甘い責め苦からようやく解放されたと思ったのも束の間。今度はさらに奥深くへ舌先が伸びてくる。

「………っ」

自分でも見たことがない秘所に、生あたたかく濡れたものを押しつけられ、ひくん、と全身が跳ねた。やがて、硬く尖らせた舌先が窄《すぼ》まりをこじ開け、内襞を広げるようにして中に入り込んでくる。

「やぁっ……」

丹念に唾液を送り込む濡れた舌の感触に、ぼくは眉をきつくひそめ、激しくかぶりを振った。

何度されても、これだけは絶対に慣れることはできない。

そんなところをそんなふうにするなんて。

「やだ……汚な…い」

「汚くなんかない。あんたはどこもかしこも全部きれいなんだから」

叱るように言って、久家はさらに指をそこにあてがった。唾液でぬるんだ窪《くぼ》みの周りを、じれったいほどやさしく解《ほぐ》してから、ゆっくりと、だましだまし中指を入れてくる。

長くて節ばった指が、内側をそろりと擦った。何かを探り当てるみたいに、何度か抽挿《ちゅうそう》を繰り返す。

「アッ」

「ここが……いいの？」

ぼくがびくっとおののいた場所で、久家は指を止めた。

「ここを……こうすると……いい？」

「ん……ぅ、んっ」

巧みな指遣いで、感じる部分を抉《えぐ》るみたいに抜き差しされるたび、つぷっと先端から体液が溢れ出し、滴って、大きく割られた太股の付け根に液だまりを作る。

「あっ…ん、あ…ぁん」

ひっきりなしに零れる、甘ったるい喘ぎ声。

いい……すごく。

ぼくはもう、腰が淫らに揺れるのを、どうしても堪えることができなかった。

体がどろどろと溶けていく。

熱くて甘い……官能の波に……恍惚《こうこつ》と身を任せて。

「くそ……エロすぎだって」

舌打ち混じりに囁いた久家が、不意に指を抜いた。

「あっ」

突然の心許なさに小さな悲鳴が出る。

うっすら目蓋《まぶた》を上げると、膝立ちの久家がシャツを脱ぎ捨てるところだった。

かっちりと肩幅があり、かといってたくましすぎもせず——きれいに筋肉が張りつめた、非の打ち所のない肉体をぼーっと見上げる。

スラックスのポケットからゴムを取り出した久家が、パッケージを歯で破るのを見て、急にこめかみが熱くなった。

「………」

慣れた手つきで、久家が下着から取り出した自分のものにゴムを装着する。

大きさも形も申し分のないそれは、すでに硬く勃起していた。

ごくりと物欲しげに喉が鳴りそうになり、ぼくはあわてて視線を逸《そ》らす。

ギシッとベッドが軋《きし》んで、久家がもう一度覆い被さってきた。改めてぼくの両脚を割って抱え直す。

「もう少し慣らしたほうがいいんだろうけど……ごめん、俺がもう保たない」

余裕のない苦しげな声がつぶやき、灼熱《しゃくねつ》の塊が、ひくひくと蠢《うごめ》くそこに触れた——と思った次の瞬間。

「……………！」

ぐぐっとものすごい圧力を感じた。

（あ……）

入って…くる。

久家が。

「く……っ……う」

充分に解されて蕩けていた内部は、熱く濡れた屹立《きつりつ》の侵入を拒めない。

「息……抜いて」

「あ……あ、あ……ッ」

すごい――奥まで。

猛々しい楔《くさび》が。

「ん……あぁっ」

根元までじりじりと納めてようやく、久家が熱っぽい息を吐いた。

「……ふぅ」

中をいっぱいに占領するしたたかな質量に、ぼくのまなじりには涙が滲んでいた。

その涙をそっと含み取られて。

「すげ……めっちゃ熱い」

耳殻《じかく》に低く囁かれる。

「俺の……感じる？」

ふっと耳に吐息がかかり、ぼくは小さく身じろいだ。

「あんたの中にいるの、わかる？」

「……ん」

熱い手のひらでしめった髪を掻き上げられ、額をちゅっと吸われる。

「……動くよ」

宣言した久家が、ゆっくりと腰を使い始めた。初めは緩やかだった動きが、だんだんと激しく、ピッチが上がっていく。

「や……そこっ」

一番感じるところを突き上げられて、高い嬌声《きょうせい》をあげながら、ぼくは自分を苛《さいな》む男にしがみついた。

悦《よ》くて。泣きたくなるほど悦くて。

爪の先まで甘い痺れが走る。

あまりの快感に目が眩《くら》む。

「あっ、ん、あっ…っ」

薄く開いた視界に映り込む――欲情に濡れた貌。熱を持って潤む瞳。

うっすら汗ばんで艶やかに光る肌。

こんな時でも高慢なほどにきれいな男。

（……俺の）

思ったとたんに狂おしい情動が込み上げてきて、ぼくは硬い背中に爪を立てた。

「もっと……きて」

正気では絶対に口にできない言葉を口走る。

「奥まで……もっと」

その要望に応えるように、灼熱の塊が肉襞を掻き分け、最奥《さいおう》まで貫いてきた。

ギリギリまで引き抜かれ、閉じかけたところをまた容赦なく開かされる。

浅く。深く。強弱をつけた抽挿。

久家の刻む律動《リズム》に翻弄されたぼくは、極まる予感に全身をのけ反らせた。

「も……い、く」

「……すごい。あんたの中、ぎゅうって締まって…」

「いっちゃう……いっちゃ…」

すすり泣くように訴えると、さらにピッチが上がる。

「和実…っ」

久家がぼくの名前を呼んで、貪《むさぼ》るようにくちづけてきた。

「愛してる……愛してる」

唇の間の甘い囁きに掻き立てられ、真っ白な高みへと駆け上がる。

「あ、ああ……あぁ――ッ」

頂上で弾けた直後、太股できつくはさみ込んでいた久家がぶるっと震えるのを感じた。

ゴムを隔てていても、その奔流の激しさは驚くほどリアルで。それによってよりいっそう深い悦びを感じ――愛しい気持ちが体中に満ちていく。

好きだ。

愛してる。

誰より……おまえを。

「……ふ…ぁ…あ」

甘く気怠《けだる》い余韻に、ぼくはびくびくと全身を痙攣《けいれん》させた。

「はぁ……はぁ」

久家の荒い息が、首筋にかかる。

「和実……和実」

なかば陶然と、まだ自分の体内にいる男の貌を見上げた。熱っぽい双眸でぼくをまっすぐ見下ろして、欲情に濡れた声が囁く。

「こんなんじゃ……足りない」

「……あ」

達したばかりなのに……その声で、官能の燠火《おきび》にふたたび火が点くのを感じる。

「もっと欲しい」

「久…家」

繋がった状態で抱き起こされ、久家の膝に乗る格好で向かい合わせにさせられた。

腰をきつく摑まれ、揺さぶられる。

「んっ……ん、あっ……あッ」

ぼくの中の久家が、また大きくなったのを感じながら――。

「あ……また、……あぁ」

激しく唇を合わせ、尽きぬ情動のまま、ぼくらはお互いの熱を貪り続けた。


「愛してる」

耳許で低く囁いて、久家の指がやさしく髪をすく。

「和実……愛してる」

密着した胸から伝わる規則的な鼓動が心地《ここち》いい……。

久家の体温があまりに気持ちよくて、眠ってしまいそうだ。

ピルルルルッ。

気怠くも甘い事後の余韻にうっとり浸っていたぼくは、不意に鳴り出した携帯の呼び出し音に、びくっと顔を上げた。とっさに壁掛けの時計を見上げる。十二時五分前。

「俺の携帯だ」

つぶやいた久家がぼくを胸に抱いたまま身を起こす。

「ごめん……ちょっと」

そう言われて、ぼくは久家から離れた。ちゅっと素早く鼻先にキスを落としてから、全裸の久家が立ち上がる。

「誰だよ？　こんな時間に」

ぶつぶつ零しながらもベッドを下り、脱ぎ散らかしたスーツの残骸を屈み込んで拾い上げた。スラックスのポケットから携帯を引き出す。

「もしも……あ……はい、久家です」

耳に当ててほどなく、声の調子が改まった。

「十時頃、無事に入稿しました。再校は予定どおりの日程で出るそうです。ご心配をおかけしてすみませんでした」

短い会話を終えると、ふたたび折り畳んだ携帯を持って、ベッドに戻ってくる。ぼくの隣りに潜り込んで、ブランケットを腰まで引き上げた。

「ボスからだった」

「なんか言ってた？」

「いや……入稿の確認だけ。キスシーンの件は不問にしてくれるつもりじゃねぇかな。なんとなく、そんな気がする」

ぼくも、なんとなくそんな気がしていた。

よほどのことがない限り、おそらくボスはプライベートには口を出してこない。もちろんその分、ぼくも久家も、仕事では今まで以上のクオリティを供給していかなければならないけれど。

「社内恋愛不可ってぇ規定もないし。就業時間内にいちゃいちゃしなけりゃOKなんじゃねえ？」

久家らしい見解に苦笑しつつ耳を傾けていて、ふと、彼の手の中の見知らぬ携帯に目が止まる。

「新しい携帯？」

「ああ、前のは捨てたんだ」

こともなげに返され、ぼくは瞠目《どうもく》した。

「捨てた？　なんで？」

メモリーしてある大量のアドレスのことを考えたら、わざわざ携帯を捨てるなんて、まず常識じゃ考えられない。

「女の番号とか、いちいち消去するのが面倒くさかったから」

豪気な返答に言葉を失う。

「幸せの絶頂であんたに振られて、死ぬほどショックだったけど。実際のところ、女関係は来るもの拒まずで、信じてもらえないようなことしてきたのは本当だし。信頼を勝ち得るまでは態度で示していくしかないって思ってさ。まずは手始めにと、恵比寿《えびす》駅のダストボックスに放り込んだんだ」

淡々と告げる久家の横顔を見つめているうちに、甘酸っぱいようなくすぐったいような気持ちが込み上げてきて、ぼくは小さくつぶやいた。

「おまえ、本当に馬鹿だな」

体を傾けてこちらを向いた久家が、ぼくの視線をまっすぐに捉える。

「俺……諦めるつもりなんて全然なかったから」

挑むような口調で言った。

「なんだかんだ言っても、絶対あんたも俺に惚れてるってわかってたし」

強がる男がどうしようもなく愛しい。

そんなに自信があったなら、なんでミスなんかした？

どうして藤波にわかるくらい弱ったりしたんだ？

そう尋ねる代わりに、ぼくはゆっくり身を倒し、硬く引き締まった胸板にこつんと額を預けた。

「……有志」

初めて下の名前を呼ばれた久家の体が、ぴくっと揺れる。

視線を上げ、歓喜を噛みしめるみたいな恋人の顔を見つめたぼくは、さらにとっておきの『初めて』を贈った。

「……愛してる」

このうえなく——甘く幸せな声で。

益永和実のユウウツ

【プロローグ――久家有志のユウウツ】

「なぁ、もういい加減切り上げない?」

ほかのスタッフはとうに帰社してしまったオフィスの、一番窓際のブースのパーテーションに寄りかかり、俺は細身のスーツの背中に呼びかけた。

マウスを操っていた白い手が止まり、ゆっくりと椅子が回転する。振り向いた白皙《はくせき》の、シルバーフレームのグラスの奥から、切れ長の双眸《そうぼう》が俺を見上げる。

「別に先に帰ってもいいんだぞ」

恋人のつれない返答に俺は眉根を寄せた。

今日はどうしてももう少し仕事がしたいと言い張るから、仕方なくつきあって一時間も待っていたのに……。

かなりむっとした俺は、つかつかとブース内へ足を踏み入れると椅子の背に手をかけ、彼をデスクから引き剝がした。やや強引にマウスを奪い取り、進行中のフォルダーを勝手に終了させる。

「久家《くげ》っ、何す…」

抗議の声をあげる恋人を横目で睨んだ。

「残業してたことをボスにチクられたくなかったら、さっさと帰り支度をしろよ」

悔しそうに唇を嚙み締めたワーカーホリックの恋人が、やがてため息を吐き、渋々とＭａｃの電源を落とした。

　俺の車の助手席に乗り込んだ彼は、少し不機嫌だった。柳眉《りゅうび》をわずかにひそめたまま、まっすぐフロントウィンドウを見つめている。細くて高い鼻梁《びりょう》が際立つ繊細な横顔。何度見ても、そのたび感嘆してしまう。まるで精巧なガラス細工みたいだ。

　これほど『クールビューティ』という形容詞が似合う人もいないだろう。対峙《たいじ》する者を萎縮《いしゅく》させるような冷たい美貌。

　だけど俺は、この人の内面が意外なほど熱いことを知っている。仕事に関しても恋愛に関しても。いや……恋愛はちょっと違うかもしれない。

「さっきのところを左折じゃなかったか？」

　怪訝《けげん》そうな問いかけを無視して、アクセルを踏み込んだ。たしかに、その信号を左折してしばらく行ったところに彼のマンションはあるが、今日は送り届けるつもりはなかった。

「どこへ行く気だよ？」

「海」

「海？　なんでまた急に海なんだ？」

　ますます面食らったような声に言い返す。

「夏だから」

三日前。夏の休暇を海外で過ごさないかという俺の誘いを、恋人はあっさり断ってきた。理由は『実家に帰るから』。お盆は親族一同が顔を合わすのが決まりなのだそうだ。

正直、二十六年生きてきて旅行の誘いを断られたのは初めてだ。

いまだかつてない屈辱。

この人とつきあっていると、今まで培《つちか》ってきた価値観やそれなりの自負が、音を立てて崩れていくのを実感する。

ひょっとして俺ってこの人の中で一番じゃないんじゃねぇの？

少なくとも仕事には負けてるよな。二番手に甘んじている。——この久家有志《ゆうじ》が、だ。

腹の底に苛立ちを滾《たぎ》らせたまま車を走らせ、晴海埠頭《はるみふとう》近くの人気《ひとけ》のない倉庫前で停車した。

「降りるぞ」

助手席に回り込んだ俺は、腕を摑んで恋人を引っ張り出した。彼の手を引きながらコンテナの間をくねくねと抜けると、不意に視界が開ける。背後でつぶやきが落ちた。

「海？」

コンクリートの絶壁に打ちつける波の音。彼は海風に舞う髪を手で押さえて、夕日で赤く染まったテトラポットに近づいた。

「こんなとこ、初めて来た」

「あんまり知られてない穴場だからな」

「すごい夕日だな」

茜《あかね》色の海に見入る恋人を、後ろからそっと抱きしめる。痩身がびくっと震えた。

「なぁ……俺のこと好き？」

「何を急に……」

口ごもる彼の耳がうっすら赤い。

かわいい。

このまま押し倒したい。裸に剝《む》いて、感じやすい体いっぱいに俺を埋め込んで……ほかのことなんか何も考えられなくなるくらい、一晩中いやってほど揺さぶりたい。

「ねぇ、言ってよ」

凶暴な衝動を堪え、腕の中の体を揺すった。

「おまえ……今日、変だぞ」

変だ？　ああ、そうだよ。三日前から気持ちがずっと落ち着かない。眠りだって浅い。

この俺をこんなに心許《こころもと》ない気分にさせるのは、世界広しといえどもこの地球上に、益永和実《ますながかずみ》――あんたしかいない。あんただけだ。

「言えないなら代わりにキスして」

「何言ってるんだ。こんなところで…」

困惑げに眉をきつくひそめられ、気分が重く沈む。そんなに嫌なのかよ。

「わかった。……もういいよ」

低く落として踵《きびす》を返しかけた時、細い手が腕に絡みついてきた。不安そうに囁《ささや》く。

「有志？」

その声を聞いた次の瞬間、俺は身を翻し、恋人の体を手荒く抱き寄せていた。しゃにむに抱きしめ、滑らかな首筋に顔を埋める。

「和実…っ」

まだ信じられないんだ。

絶対にむりだと諦めていたものが今この手の中にあることが。

不安なんだ。

あんたが今にもこの手を擦り抜けていってしまう気がして。

昔は売るほどあった自信なんか、今はこれっぽっちもねぇよ。

「好きだ……好き。気が狂いそうなほど好き」

すがるように訴える。細い腕がそろそろと伸びてきて、宥《なだ》めるみたいに俺の背中を撫でた。

「俺も……好きだよ」

中学生じゃあるまいに。そんな一言が泣きたいくらいにうれしいなんて、どうかしてる。

そっと彼の顔を仰向かせ、繊細な唇に唇を押しつけた。触れるだけのキスを繰り返す。唇を離すと、甘いかすれ声が俺の名を呼ぶ。

「……有志」

「もう少し――歩こうぜ」

しっとりと熱い恋人の手を握って、俺は夕日の中を歩き出した。

【益永和実のユウウツ】

日に日に夏めく七月のある朝のことだった。

いつものように簡単な朝食を済ませたぼくは、身仕度を整えるために、寝室の姿見の前に立った。サックスブルーのシャツを羽織《はお》り、一番目を除く前立てのすべてのボタンを留め、最後の仕上げにネクタイを首にかけて——異変に気がつく。

左の首筋にくっきりと残る鬱血《うっけつ》の痕《あと》。

(キスマーク!?)

ぎょっと目を剝いた直後、朝っぱらからカーッと血圧が上昇した。

昨夜の、ベッドの中での久家《くげ》を思い出す。キス魔なのは毎度のことだが、昨日はやたらと肌に吸いついたり、肩口を甘噛みしたり、泣きが入るまでひとつところを弄《いじく》り倒したりで——常にもまして愛撫が執拗で激しかった。

かと思うと、お互いに達したあとも、なかなかぼくの体を離さずに、甘えるみたいに首筋に顔を埋《うず》めてきたりして……。

結局、心許ない表情と熱っぽい愛撫に煽られたぼくも、いつも以上に……その、乱れてしまったわけだけれど。

しかしだからといって、こと恋愛に関しては百戦錬磨の男が、熱中のあまりに『ついうっかり』

キスマークをつけてしまうヘマを犯すなんて有り得ない。

……わざとだ。

絶対わざとに違いない。

理由はわからないが、恋人はなんらかの意図を持って、故意にキスマークを残したのだ。

確信したぼくは、唇を嚙み締め、ネクタイを握る手をふるふると震わせた。

思い起こせば、昨日の久家は終日様子がおかしかった。会社の帰りにいきなり車で海へ連れ出して、人気がないとはいえ、屋外でキスをせがんだり……。

——言えないなら、ここでキスして。

強引な口調で迫ったかと思うと、一転、すがるように抱きしめてきて。

——好きだ……好き。気が狂いそうなほど好き。

いつになく不安定だった、恋人の言動をつらつらと思い巡らす。普段は不遜《ふそん》なほどオレ様で自信過剰なのに……。

——なぁ、俺のこと好き?

自信なさげに揺れていた鳶《とび》色の双眸《そうぼう》を思い出すにつれ、キスマークの一件を許してしまいそうになる自分を、ぼくは頭をふるっと振って戒めた。

それとこれは別だ。

ここはひとつ年上の威厳を持って、二度とこんなことのないように、ビシッと釘を刺してやらねばならない。どんなにかわいかろうと、いや、かわいいからこそ、マナー違反をしたらきちんと叱る。ペットの躾《しつけ》も人間教育もとっかかりが肝心だ。

なんとかギリギリ、シャツのカラーで隠せる位置だったことにほっと安堵《あんど》の息を零《こぼ》しつつも、きゅっとネクタイの結び目を絞って気を引き締める。

夏物のジャケットを羽織ったぼくは、眉間《みけん》に一本縦じわを刻み込んだまま自宅を出た。


午前九時五十分。

恵比寿《えびす》にある【Yebisu《エビス》 Graphics《グラフィックス》】に着いたぼくは、すでに出社していた藤波《ふじなみ》と笹生《ささお》に「おはよう」の挨拶をしてから、ワーキングスペースの一番窓際に位置する自分のブースへ向かった。

デスクの上にブリーフケースを置き、液晶ディスプレイの右下のスイッチに触れて、Macを起動させる。椅子を引いて腰を下ろし、まずはメーラーを立ち上げた。朝いちの習慣であるメールの取り込み・開封作業をしながらも、ちょっとした油断で襟ぐりからキスマークが見えてしまうので、なんとなく肩が強ばって動きが固くなる。痕が消えるまでしばらくこの状態が続くのかと思うと、眉間のしわがいよいよ深くなった。

ただでさえ、濃厚な夜のせいで重く鈍い腰を、かばわなくちゃならないのに。

(なんで俺だけ……)

いまさらだが、同じことをしても自分だけ負担が大きいことに理不尽を覚える。われを忘れたツケが、向こうは寝不足程度だなんて、どう考えても不公平だ。……ずるい。

苛立ちを胸にイライラとメールチェックをしているうちに、例によって三十分の遅れでコトの元凶が出社してくる。どうやら、早朝にぼくを目黒《めぐろ》の自宅マンションまで送り届けてから、いったん代官山《だいかんやま》のマンションに戻ったようだ。

「久家さん、おはようございます」

「……ウス」

藤波のあいさつに短く答えた男は、悠然とした足取りでこちらへ向かってきた。

陽に透ける栗色の髪。ただそこに立つだけで、ぱっと場が華やぐような、派手めのルックス。モデル並みの均整の取れた八頭身を、今日は黒の細身のスーツに包んでいる。ピンストライプのシャツにネクタイは鮮やかなピンク。ハイクラスのコーディネイトを余裕で決めた久家が、ぼくのブースの前で足を止めた。

「おはよう」

甘いかすれ声。ぼくはくるりと椅子を回転させ、パーテーションの横に立つ長身を睨《にら》み上げる。

昨夜ベッドの中で散々に好き放題したせいか、今その顔からナーバスの影はきれいさっぱり消えていた。いっそ腹立たしいほどコンディションのいい、彫像めいた美貌。

一点の曇りもない——その明るい鳶色の双眸と目が合った瞬間、今朝からずっと胸を占めていたもやもやが、はっきり憤怒として形を成すのを感じる。怒りに任せて立ち上がったぼくは、つかつかと久家に近寄り、彼の目の前でくいっと顎をしゃくった。

「ちょっと来い」

「――何？」

朝から不機嫌オーラ全開のぼくに戸惑ったように、久家が軽く目を見開く。邪気のないその表情を見れば、いよいよ頭が熱くなりかけたが……神聖な仕事場で、痴話《ちわ》喧嘩を繰り広げるわけにもいかない。

「いいから。ついて来い」

憤りを堪え、低い声で命じてブースを出る。先に立つぼくの後ろを、訝《いぶか》しげな表情の久家は、それでも素直に追ってきた。

ここならみんなに声が届かないと思われる無人のキッチンまで移動して、ようやく足を止める。

「なぁ……恐い顔して一体なんだよ？」

その問いには答えず、無言で肩を翻《ひるがえ》したぼくは、久家と向かい合うなりシャツの襟に手をかけた。人差指でカラーをくいっと引き下げ、恥ずかしいくらいにはっきり目立つキスマークを、印をつけた張本人に見せつける。

「これ――どうしてくれる？」

「あ……」

小さく声を発した男が、けれどすぐに唇の片端を吊り上げた。にやにやといけ好かない笑みを浮かべてつぶやく。

「白い肌にくっきりと浮かび上がる情事の余韻……やっぱ思ったとおりにエロいじゃん」

恐縮するどころか、その声はどこか自慢げですらあった。

「……やっぱりわざとか」

眼鏡の奥から睨《ね》めつけると、肩をすくませる。

「だからさ、ちゃんと見えない位置につけただろ？」

「いばるなっ！」

なおさら居直る男に逆上し、ついに怒鳴りつけた。しかし久家は逆に不満そうな表情で、ぶつぶつと文句を垂れ始める。

「つかさー、これくらいの報復させてよ。俺なんか、あんたに旅行を断られて三日も眠れねぇくらいに傷ついたんだからさぁ」

意味不明なぼやきには耳を貸さず、ぼくは年下の恋人に詰め寄った。

「大体、絶対に見えないという保証がどこにある？」

「保証なんかないけど。でもまぁ、見られたら見られたで、それはその時。いいじゃん別に。見せびらかしてやろうぜ」

しれっと返され、その厚顔ぶりに呆れ返る。

こいつには……デリカシーというものがないのか？

少なくとも社内で、ボスと藤波にはぼくらの関係を知られているのだ。キスシーンを目撃されただけでも内心忸怩《じくじ》たるものがあるのに、これ以上そんな生々しい情事の証《あかし》を見られた日には、ふたりの顔がまともに見られなくなってしまう。そうなったら、仕事にも著しく支障をきたすだ

ろう。

しかし、人並みの羞恥心《しゅうちしん》が欠落しているわがまま王子には、ぼくのしごく真っ当な葛藤《かっとう》は理解できないらしかった。

「俺は誰にバレても平気だから。別に全世界に公表したっていいし」

胸を張ってとんでもないことをほざいたかと思うと、出し抜けにぼくの二の腕を摑む。

「……っ」

不意を衝《つ》かれたぼくは、抗う間もなく久家の胸にずるずると引き寄せられてしまった。

「俺たちは愛し合ってますって…さ」

甘い低音で囁いて顔を近づけてくる男を、あわやのキスの寸前、ドンッと強く押し退ける。

「いい加減にしろっ」

「……痛《いて》ぇな。いいじゃん、キスくらい」

突き飛ばされた久家が、不服そうに口を尖らせた。

「いいことがあるか！」

乱れる心音と動揺を必死に堪え、ぼくは公私混同もはなはだしい男を叱りつける。

「こ、こんなところで！　もし誰か来たらどうする気だ!?」

「そのスリルが社内恋愛の醍醐味だろ？」

あっさりと切り返され、むっと押し黙った。久家の余裕の顔つきが、なんだかすごく不愉快だった。自分との、恋愛経験の差を見せつけられた気がして……。

「……俺は公私混同は嫌なんだと、何度言ったらわかる？」

やがて落とした地を這う低音に、恋人がつと眉根を寄せた。そうしても腹が立つほど端正な貌《かお》を見据え、最後通告をビシッと突きつける。

「いいか？　今後一度でも社内で不埒《ふらち》な真似をしたら、その場で別れるからな！」

言い放つやいなや踵《きびす》を返し、ぼくは足早にキッチンを離れた。


まったく、なんだってあいつは我慢がきかないんだ。年端《としは》のいかない子供じゃあるまいに。せめて仕事が終わるまで待てないのか。

ブースに戻ったぼくは、ぷりぷり怒りながらグラフィックソフトを立ち上げ、作業途中のフォルダーを開いた。だが――作業画面が現れてもしばらくはマウスを動かさずに、ぼんやりとレイアウトを見つめる。

……わかっている。

自分はいちいちすべてが『初めて』の経験で、ちょっとしたことで舞い上がったり落ち込んだり、毎日が一喜一憂の連続だけど、久家にとってはどれもが過去の体験のトレースにすぎないことは。

キスもデートも、ふたりで過ごす夜も、小さな喧嘩も、もしかしたら人目を忍ぶ恋でさえ……。

それなのに、ひとりで恋人の一挙一動に過剰反応して感情的になって……馬鹿みたいだ。

デスクに片肘をつき、ふーっと重いため息を吐いた時、背後から声がかかった。

「コーヒー、ここに置きますね」

アルバイトの藤波が、カップが数個載ったトレーから、ぼくのマグを選んでデスクの上に置く。

「あ……ああ。ありがとう」

「はい」

にこっと感じよく微笑んで、藤波はブースから出て行った。それぞれの好みに合った（砂糖のアリナシから始まって、ミルクの微妙な分量まで）コーヒーをスタッフ全員に配ることが、彼の朝一番の仕事なのだ。雑用やアシスタント業務で忙しい合間を縫って、三時にはお茶を淹《い》れたりと、スタッフへの気配りも忘れない。学業との掛け持ちで本当によくやっていると思う。

　できればこのまま、うちに就職してくれればいいんだが。

そんなことを思いながら、彼が置いていってくれたマグカップへ手を伸ばした。淹れたてのコーヒーの香りを嗅いでいると、隣りのブースから声が聞こえてくる。

「久家さん、何を見てるんですか？」

藤波の問いかけを耳にしたぼくは、カップを口許へ運ぶ手を止めた。

「あー、ちょっとな」

癖のあるかすれ声を捉えると同時、意味もなく胸がトクンと鳴る。いつの間にか久家も、自分の席に戻っていたようだ。

「……ま。おまえならいいか。もっと側に寄れよ。いいもん見せてやる」

（いいもの？）

思わずマグカップをデスクに戻し、パーテーションに片頬を寄せて耳をそばだてる。

「わ……」

藤波が息を呑む気配がした。

「な？　すげーだろう？」

久家の、ものすごく得意気な声。

「は、はい」

（何がすごいんだ？）

そのセリフにいたく好奇心を刺激されたぼくは、矢も盾もたまらず、ついに腰を浮かして立ち上がる。隣りのブースまで行って中を覗き込み、ぴったり体をくっつけて何かを熱心に見ているふたりの背中に問いかけた。

「何を見てるんだ？」

とたん、はっきりわかるほど大きく肩を揺らした久家が、ものすごい勢いで何かをスーツのポケットに隠す。藤波は藤波で、ぼくを顧みた瞬間にぽっと顔を赤らめた。

（………？）

「なんだ？」

「いえ……なんでもありません」

訝しげに問い質《ただ》しても、紅潮した顔をぶんぶんと振るばかり。仕舞いにはじわじわと後ずさるみたいに後退して、開放口に辿り着くや、くるっと踵を返す。

「し、失礼します…っ」

早足で立ち去っていく——その後ろ姿をやや憮然《ぶぜん》と見送ったぼくは、次にデスクの前の恋人に視線を転じた。眼鏡の奥からじっと見据える。

「有志？」

「さーて、俺も打ち合わせに出るかな」

わざとらしい声を出した久家が、腕時計に視線を落とすそぶりで、目を逸らしたまま、ナイロンのブリーフケースを引っ摑んで立ち上がった。

「どこへ行くんだ？」

「カメラマンのオフィス。午後には戻るから」

そう言い置くと、ぼくの脇をそそくさと擦り抜け、ブースから出ていった。


久家が外出したあとは、気持ちを切り替えて仕事に集中した。二時間ほどで昼になる。

藤波はいつものようにボスとランチに出かけてしまい、久家も打ち合わせで出ていたので、下のカフェでサンドウィッチでも買ってくるかとブースを出たぼくは、エントランスで要さんに声をかけられた。

「益永くん、【LOTUS《ロータス》】？　なら俺たちも一緒に行くよ」

ぼくと要さんと笹生の三人で、一階に下りる。建物の一階部分を占めるカフェ【LOTUS】の店内には、コーヒーのいい香りが漂っていた。

出入り口から向かって正面にカウンターがあり、ガラスのショーケースには、サンドウィッチやパニーニ、ココットに盛りつけられた各種惣菜《そうざい》や色とりどりのサラダ、デザートなどがぎっしりと並んでいる。手軽にテイクアウトしてもいいし、店内での食事を望む場合は、左手奥のイートインスペースを利用することもできる仕組みだ。

「まだ席が空いてるから、ここで食っていこうぜ」

要さんの提案にうなずいた。白を基調とした開放的な空間には、時間が早いせいか、ちらほらと空席がある。だがそれももう十分もすれば、ガーデンプレイスから流れてきたビジネスマンや販売スタッフなどで埋まってしまうだろう。

「いらっしゃいませ」

カウンターの向こうに立つチーフギャルソンの東城《とうじょう》さんが、ぼくたちに気がついて近づいてきた。カフェと地下のダイナーを仕切る彼は、いつ見ても、白いシャツに黒のソムリエエプロンというユニフォームを一部の隙もなくストイックに着こなしている。

「何にしようかなぁ」

笹生がガラスケースの中を覗き込んでひとりごちた。

「俺はパニーニ・ランチにしよう。パニーニの中身はシュリンプとロケット」

「ぼくもそうしようかな。ぼくはフレッシュトマトとモッツァレラチーズ」

要さんのチョイスを後追いした笹生が、ぼくのほうを横目で窺《うかが》う。

「益永さんはどうします?」

「俺は……」

逡巡しながら、カウンターの上部に設置された横長のメニューボードを眺めていて、ふと、初めて見る名称に目を留める。

「この【バイン・ミー・ティット】ってなんですか?」

『本日のオススメ』と手書きで記されていた、見覚えのない名前を口に出すと、東城さんが答えをくれた。

「ベトナム風のサンドウィッチです。フランスパンの中にハムやパテ、ピクルスなどをはさみ込んで、ニョクマムで味つけをしてあります」

「フランスパンにニョクマム? なんだかかなりミスマッチな感じ」

笹生はやや引き気味につぶやいたが、しかしぼくはその未知の食べ物に興味を引かれた。

「じゃあ俺はその【バイン・ミー・ティット】を」

裏庭の樹木を望める窓際の席に三人で落ち着き、ランチが始まる。ニョクマムの、少し癖のある匂いを嗅ぎつつ、ぼくは長さ十五センチほどのフランスパンを口に運んだ。ゆっくり咀嚼《そしゃく》して充分に味わってから、自分たちの前のパニーニはそっちのけで、ぼくの動向をじっと見守る同僚にうなずく。

「旨い。おいしいよ、これ」

「え？　本当ですか？」

「ほんと？　俺にも一口分けて」

「ぼくもお願いします」

「あ……本当だ。旨いや。もともとのパテが旨いってのもあるけど、ニョクマムがいい具合にきかせ味になってる」

「ほんとだー。思っていたより全然癖がないですね！」

三人で盛り上がる席に、東城さんがすっと近づいてきた。どうやら、ぼくの反応をそっと見守っていたらしい。

「【バイン・ミー】いかがでしたか？」

「とてもおいしいです。頼んでよかった」

「いけますよ、これは。取っ掛かりさえクリアすれば、癖になる味だと思うな」

「ぼくも次は臆《おく》せずに食べます」

口々の賞賛に、普段はほとんど感情を表に出さない東城さんが、めずらしく微笑んだ。

「ありがとうございます。本日からの新メニューなんですが、やはりニョクマムに抵抗があるらしく、なかなかチャレンジしてくださる方がいらっしゃらなくて……実は、益永さんが初めてのお客様だったんです」

「そうだったんですか」

「助かりました。これで自信を持ってお客様にお勧めできます」

一礼して去っていく彼の、きれいに伸びた背中を見送るぼくの横で、要さんが言った。

「やっぱさ、おまえ変わったよな」

「――え?」

転じた視線の先で、要さんが椅子の背にもたれて腕を組む。

「ちょっと前にも服装のことは言ったけど、それだけじゃなくてさ。以前は『食』とかにも興味なくて……とりあえず腹が落ち着けばいいって感じだったじゃん。未知のメニューに果敢にチャレンジする益永和実なんて考えられなかった。――な?」

同意を促《うなが》された笹生も真顔でこっくりうなずいた。

「そう……ですか?」

ぼくが面食らっている間にも、要さんがにこにこと言葉を継いできた。

「第一、こんなふうに俺たちと一緒にランチするってこと自体がまれだったじゃん。誘っても仏《ぶっ》頂面《ちょうづら》で『まだ仕事がありますんで』とか、すげなく断ってくれてさ」

それは確かにそうだった。わざわざ出かけて誰かとランチを取るなんて、正直時間の無駄だと考えていたから。そんな時間があったら少しでも仕事の完成度を上げたい――そう思っていた。

「ま、いい傾向だよ。そういう心の余裕って、いずれ絶対仕事にも表れてくるから」

「………」

事務所の先輩のアドバイスに、ぼくは複雑な気分で、ロータスティのグラスを引き寄せた。

自分が変わりつつある自覚は……ある。少し前までは、アートとか写真とか本とか、ごく限ら

れたものにしか関心がなかったけれど。

でも今は――好奇心旺盛な恋人に引《ひ》き摺《ず》られてレストランやショップに出かけるうちに、だんだんと『衣・食・住』全般に興味が出てきて……。

そうやって無意識にも少しずつ、いろいろなものにインスパイアされているのかもしれない。

要さんの言うとおり、最近は仕事にも影響が出始めているのを感じる。以前は、自分が完璧に使いこなせる完成度の高い書体《フォント》しか使用しなかったけれど、今はものによっては新しい書体を使ってみようかな、と思えるようになってきた。ひとつのスタイルを一心不乱に極めるだけでなく、たまには目先を変えて別の手法を模索してみようか……という気持ちになれたのも――。

(久家の……おかげか)

心を柔軟にするためには適度な息抜きが大切だということを、身をもって教えてくれたのも年下の恋人だった。


昼食を終えて事務所に戻っても、久家はまだ出先から戻っていなかった。おそらく、打ち合わせのついでに外で食事を済ませてくるのだろう。

明日の夕方入稿予定の、【NEIGES《ネージュ》】のグリーティングカードの仕事を片づけていたぼくは、プルルッという内線の呼び出し音に作業を止め、右手のビジネスフォンへと手を伸ばす。

「はい――益永です」

『俺だ。今少し時間が取れるか？』

耳に当てた受話器から届いたのは、ボスの低音美声だった。

「あ……はい」

『三階の俺の部屋へ来てくれ。——久家は？』

「打ち合わせに出ていて、午後には戻る予定でしたが……少し遅れているようです」

『そうか。じゃあ、おまえだけでいい』

（自分と久家に——用？）

受話器をフックに戻して、胸騒ぎに眉をひそめる。

ぼくらの雇い主であるボスには、ふたりの関係を知られてしまっている。会社でのキスシーンを目撃されてからも、ボスの態度は以前と変わらなかった。すべてをわかった上で黙って見守っていてくれている懐の深さに、ひそかに感謝していたのだが……。

ついに何か言われるのだろうか？　さすがに鷹揚《おうよう》なボスの目にも余った…とか？

ひょっとして、今朝のアレを見られた？

あれこれと不安材料を思い巡らしていると、鳩尾《みぞおち》のあたりがどんどん重苦しくなってきて、手足が冷たくなってくる。こうなるのを何より恐れて、自分は公私混同をしないよう、極力自らを律してきたのに。

（それを、あの馬鹿はところかまわず…っ）

軽率な恋人への怒りと、ざわざわと落ち着かない心音を抱え、重い足取りで階段を上がった。

それでもまだ、久家が外出中でよかったと思う。いい年をした社会人がふたり、雁首揃《がんくびそろ》えて、雇い主に『プライベートを社内に持ち込むな』と叱責《しっせき》されるのは……あまりに不甲斐なく居たたまれない。

ボスの個室の前で深呼吸をひとつしてから、覚悟を決めてコンコンとノックをする。

「入れ」

中からの低いいらえにおずおずとドアを開き、中へ入った。室内には、正面のデスクに構えるボスのほかに綿貫《わたぬき》ADの姿も見える。

「何かご用でしょうか?」

ボスの前まで進み出て、緊張の面持ちで神妙にお伺いを立てた。

「ああ——実はな、先日の【APACHE《アパッシュ》】のアートブックが好評で、連日プレスに問い合わせが殺到しているそうだ。あまりの反響の大きさに上層部も驚いたらしいが、結局、増刷して各店舗で販売することに決まったと、ついさっき連絡があった」

「あ……そうですか」

予想外の展開に、つい気の抜けた声が零れ落ちる。

「なんだ? 浮かない顔だな」

「いえ、そんな……うれしいです」

あわててぼくが首を振ると、ボスは手許のアートブックをぱらぱらと捲《めく》った。

「正直、おまえたちを組ませた時は、吉と出るか凶と出るか、フィフティ・フィフティの賭みたいな気分だったんだが……正反対の個性がうまいことミックスしたな」

緊張の糸が解けたことも手伝い、その言葉によって、ゆっくりと歓喜が込み上げてくる。そう簡単にねぎらいを口にする人でないとわかっているからこそうれしかった。平素はクールな綿貫ADも、いつになくやさしい眼差しで自分を見ている気がする。

「機会があったら、またふたりでコラボレートしてみるのもいいだろう」

「はい」

「話はそれだけだ。忙しいところを呼び立てて悪かったな」

一礼のあとで部屋を辞そうとしたぼくは、ドアの前でもう一度背後を振り返った。

「あの……」

「なんだ？」

目線を上げたボスの顔をまっすぐ見つめ、真摯《しんし》に告げた。

「ありがとうございました」

ふたたび頭をぺこりと下げて、逃げるように部屋を出る。後ろ手で閉めたドアに背を預け、胸の中でつぶやいた。

――感謝します。心から。

何も言わずに……ぼくたちを見守ってくださって。

その恩情に報いるためにも、より一層精進して、少しでも仕事のクオリティを上げたい。

静かな闘志を胸に宿して廊下を歩き出す。階段を下りて吹き抜けのエントランスに差しかかったところで、ぼくはふと足を止めた。

数ヶ月前――ここで久家と抱き合ったことを思い出し、突然、無性に彼の顔が見たくなった。

キスマークを発見した時は、軽率な恋人に対する怒りで血圧が上がるほどだったけれど。

昼に要さんと話したことや、ボスのねぎらいの効果か、朝からの不機嫌モードも徐々に終息の兆しを見せつつあった。気持ちが変化するにつれて、今度は自分の仕打ちが気にかかり始める。

突き飛ばすなんて……いくらなんでも少しやりすぎたか。

――いいか？　今後一度でも社内で不埒な真似をしたら、その場で別れるからな！

キッチンで投げつけた捨てゼリフが、きつい口調でリフレインしてきて、ぼくは奥歯を嚙み締めた。

あんなに怒らなきゃよかった……。

感情的な物言いをしたせいか、さっきも久家は、ぼくの目を見ずに逃げるみたいに会社を出ていってしまった。

オフィスラブも楽しめない、つまらない男だって……思われた？

久家にとって物足りないかもしれない自分を、けれど、どうすることもできない。今の自分にできることは、恋人に対しても仕事に対しても、同じだけ誠実に向き合うことぐらいで……。

またまた胃腹部の違和感が蘇ってきそうな気配に、眉をうっすらひそめてオフィスへ戻る。

（あ……）

――戻ってきている。

入り口に近い笹生のブースに久家の長身を見つけたぼくは、心の中で小さく声をあげた。その姿を見ただけで、なぜかドキッと心臓が跳ねる。あの夜のキスのことを思い出したりしたからだろうか。

「すべてカラースキャニングですね？」

「解像度は72ｄｐｉでいいから」

目の片隅でその様子を窺いながら、笹生に仕事を振っている久家の背後を通り過ぎようとした刹那、不意打ちで恋人が振り返った。ばちっとまともに目と目が合う。

「……………ッ」

びくっと肩を揺らし、反射的に顔を逸らしてしまってから、とっさの行動に臍《ほぞ》をかむ。

（……馬鹿）

しかし、いまさら取り繕うこともできず、そのままギクシャクと固い足取りで自分の席へ辿り着いた。へなへなと椅子に腰を下ろす。

きっと誤解された。

ディスプレイ画面に向かっていても、心は千々に乱れる。

どうしよう。あとでさりげなく隣りのブースに顔を出して、もう怒っていないことをアピールしてみようか。それとも、まずは携帯にメールしてみるか。

いつも恋人のほうから誘ってくるけれど、今日は自分からアプローチしてもいいかもしれない。

――何時に終わる？　俺も今日は早めに上がるから、帰りにメシでも食っていかないか？

あれやこれやシミュレーションしているうちに、笹生のブースから久家が出てくる。一瞬身構えたが、こちらに足を向けることはなかった。

「上の書庫にいるから」

「はい。わかりました」

笹生に声をかけて、久家はワーキングスペースを出ていく。

書庫……ふたりきりになるチャンスだ。

すぐに追っていきたかったが、今立ち上がるのはタイミング的にどうだろう。――間合いを計れば計るほどに、どのくらいの時間を置けばいいのかだんだんわからなくなってきて、しまいには身動きが取れなくなる。もはや仕事どころではなく、自席でやきもきするばかりのぼくの耳に、笹生のひとりごちるような声が聞こえてきた。

「あれ？　これも72dpiでいいのかな…」

そのつぶやきを聞くなり反射的に席を立つ。笹生のブースまでまっすぐ足を運び、後輩の背中から話しかけた。

「久家に質問？」

「あ、はい」

「俺もちょうど上に上がるところだから、ついでに呼んでくるよ」

「でも……」

先輩を使うのは申し訳ないと思ったのか、逡巡するそぶりを見せる笹生に畳み掛ける。

「いいから。その間、別のスキャニングを進められるだろう？」

「すみません。助かります」

大義名分を得たぼくは、心なしか軽い足取りでオフィスを出た。


先程下りたばかりの三階にふたたび上がり、廊下の一番奥まで行って書庫の扉を開けた。シンと静まり返った室内には、洋書や希少なアートブックがぎっしり詰まった書棚が整然と並ぶ。人の気配のない部屋を覗き込んだぼくは、ブラインドの隙間から差し込む陽光に目を細めた。

ぐるりと見回してみても、そこにいるはずの恋人の姿は見当たらない。

「久家？」

呼びかけにも返事はなかった。小首を傾《かし》げて足を踏み出す。

「……いないのか？」

書棚の間を歩き出してまもなく、ひとつめの棚を行き過ぎたあたりだった。横合いから不意に手が伸びてきて右腕を摑まれる。

「……………っ」

ぐいっと強い力で引っ張られ、抵抗する猶予も与えられずに引き摺られて——。気がついた時には、ぼくは書庫の壁に背中を押しつけられていた。

「な、ななな…っ」

わけもわからず振り上げた目線の先に、鳶色の双眸を見る。

「久…家!?」

壁に片手をつき、ぼくを囲い込むようにして立つ男が、にっと唇を歪《ゆが》めた。

「待ってた」

「待って…た？」

おうむ返しして眉根を寄せる。

……ってなんだ？　罠を張って獲物を待つ猟師よろしく、ここに身を潜めていたってことか？

――上の書庫にいるから。

あれが餌？

からくりに気がついたとたん、撒かれた餌にまんまと食いつき、のこのこ三階まで上がってきてしまった自分にカッと羞恥を覚える。

(……ちくしょう)

至近距離の顔を睨めつけたが、久家は怯むどころか、逆に熱っぽい瞳で揺るぎなく見下ろしてきた。その凝視をきつい双眸で撥《は》ね除《の》け、顎を反らす。

「ちょうどよかった。笹生がわからないところがあるそうだ」

別におまえに会いに来たわけじゃない――とアピールするために、わざと素っ気ない声を出した。ひとりでやきもきした挙げ句に久家の思うツボでは、あまりに業腹《ごうはら》だ。

「それで？」

久家が器用に片方の眉だけをそびやかす。

「あんたがわざわざ呼びに来てくれたわけ？」

「書庫に用があったついでだ」

「ふぅん。ついで…ねぇ」

当てつけがましい物言いに反応して、上目遣いに睨み上げた。

「何が言いたい？」

「別に」

にやにやするなっと怒鳴りつけたいのをぐっと堪える。それじゃあ今朝の二の舞だ。わざわざ追ってきたのはそうじゃなくて……。

なんとか劣勢を立て直そうと、内心やっきになっていた刹那。

「……怒っているのかと思ってたから、迎えに来てくれてうれしかった」

頭上からぽつりと囁きが落ちてきて――。ぼくはゆるゆると目を見開いた。

視界の中の久家は、言葉どおり幸せそうな、それでいてどこか切なげな表情で、自分をじっと見つめている。

「だから迎えに来たわけじゃ…」

小声で抗いながらも頬がじわじわと火照《ほて》るのを感じた。久家に摑まれている肩口も熱い。恋人のコロンの香りに包まれ、このまま甘いムードに流されそうな自分が恐くて、ぼくは顔を背けた。

「……和実」

耳殻に吐息を感じた次の瞬間、こめかみに柔らかい何かが触れる。押しつけられた唇の熱っぽい感触に、ぴくっと肩が震えた。

「馬鹿。よせって」

とっさに腕を突っ張ろうとして、かえって引き寄せられてしまう。ぼくを腕の中に抱き込んだ久家が、かすれた声で子供みたいにねだる。

「少しだけ。ちょっとだけでいいから……キスしたい」

「駄目だ。……公私混同は絶対に駄目だ」

懸命に首を振って拒んでも、年下の男は諦めない。

「……したい。ねぇ……したい」

「したら別れる……いいか、別れるからな……本気だぞ……本当に別……んっ」

言葉尻をさらうように、むりやり唇を塞がれた。

横暴な恋人の肩を手のひらでぱしぱし叩いたけれど、その拘束はまるで揺るがない。

「ん……ん、んんーっ」

しかも「ちょっとだけ」どころか、唇をこじ開けた舌が、口腔内にまで侵入してくる。無茶苦茶な男に口蓋を好きなように蹂躙《じゅうりん》されているうちに、だんだんと頭の芯が白く霞んで……手足の力が抜けて……。

ここは会社で……就業中なのに……こんなところ……もし誰かに見られたら。

痺れるような焦燥とは裏腹に、体がどんどんと熱くなっていくのを止められない——。

「……は……ぁ……は」

強引で濃厚なキスからようやく解放された時には、恋人の硬い胸にしがみつくようにして、乱れる息にむせていた。顔が燃えるみたいに熱い。まなじりには涙まで滲《にじ》んでいる。

「……やべぇ」

名残惜《なごりお》しそうに唇を離した久家が、仰向いてつぶやいた。

「俺、勃《た》ってきた」

ぼくは正面の男をキッと睨みつける。

「あ、逆効果だって、その目つきは…」

「お……おまえはなぁ…っ」

狼狽と憤りのあまりに言葉が続かなかった。

見境のない二十四時間発情男と、昼日中から職場でそんな男のキスに酔ってしまった自分への情けなさで涙ぐむぼくの手を、久家が摑んだ。

「——ね。さすがに本番とまでは言わないからさ」

甘えるみたいに唇を手の甲に押しつけ、欲情にかすれた声音で囁く。

「手でしてくれない？」

「バカッ！」

罵声《ばせい》と同時に容赦なく『バカモノ』の頭を引っぱたき、ぼくは書庫を飛び出した。


こっちから折れてやろうなどと殊勝なことを思っていたけれど、ヤメだヤメ！

神聖な職場をなんだと思ってるんだ、あの馬鹿はっ。社会人としてのモラルはないのか!?

あんな恥知らず、もう知るか！

書庫を飛び出した足でレストルームに駆け込んだぼくは、まずはカランを捻って冷水で顔を洗った。さらに流水に両手をしばらく晒《さら》して、沸騰《ふっとう》した頭を冷やす。それでもまだ治まらない憤怒を道連れに二階へ下りた。肩を怒らせ、大股で自分のブースに戻る。

結局久家は、ぼくに遅れること数分差でワーキングスペースに現れた。笹生に指示を出したあと、いったん自分のブースに戻ってきたが、鞄を手にしただけで、またすぐ引き返していく。

「お出かけですか？」

「【ＡＰＡＣＨＥ】のヘッドオフィスで打ち合わせ。たぶん直帰になる」

藤波に告げる声が聞こえてきても、ぼくは意地を張って、かたくなに後ろを振り向かなかった。

終業時間の六時を十分過ぎても、デスクの上の携帯はぴくりとも震えない。

心のどこかで久家からの『ごめん』メールが届くのを待っていたぼくは、落胆を隠してＭａｃ

の電源を落とした。残業をする気にはなれず、まだ居残っている同僚たちに「お先」と告げて事務所を出る。階段を下りるついでに、地下二階の駐車場まで行ってみたが、やはりいつものスペースに久家のアルファロメオは見当たらなかった。

当たり前のことに、ふたたび失望する。

ひょっとしたら……こっそり舞い戻った恋人が車の中で待っているかもしれないなんて、そんなことあるわけないのに。

自嘲《じちょう》を浮かべて階段を上り、まだ充分に明るい住宅街を歩き出す。どこかに立ち寄る気分でもなくて、ガーデンプレイスをまっすぐ横切り恵比寿駅まで辿り着いたぼくは、ＪＲのホームでぼんやり電車を待った。

やがて到着した山手線の車両は、これでもかというくらいに、ギュウギュウに人が詰まっていた。寿司詰め状態におののき、思わず二本ほどやり過ごす。

そうか。ラッシュか……。

ここ最近はずっと、久家が車で送ってくれていたから、通勤ラッシュとも無縁だった。朝も会社の始まりが遅いので、ピーク時にぶつからずに済んでいる。接触恐怖症気味のぼくにとっては、非常にありがたいのだが。

そういえば昔は、これが嫌で歩いて帰っていたんだっけ。

たった数ヶ月前の自分を、妙に懐かしく思い出していると、やっとそこそこ空間に隙間のある電車がホームに滑り込んできて、どうにか車両に乗り込むことができた。

出入り口付近の、ちょうど人ひとり分のスペースにはまり込み、定期的な揺れに身を任せていたぼくは、ふと、このまま家に帰っても食料が何もないことに気がついた。冷蔵庫の中のストックといえば、朝食用のヨーグルトとミネラルウォーターくらいだだ。あまり食欲はないけれど、何も入れないのは胃に悪い。どこかで調達して帰らなければ——。

目黒《めぐろ》駅の改札を抜けて、地続きにある駅ビルに足を運ぶ。以前よく立ち寄っていたデリカテッセンを覗いたが、何を見ても食指を動かされない。ほかの店も何軒か回ってみたが、どうしても出来合いの惣菜や弁当を買う気になれなかった。

どれも味はそこそこ悪くないとわかっている。それでも……冷たい弁当を寂しく食べる自分を想像しただけで、ただでさえ鈍い食欲が萎《な》えてしまうのだ。

ちょっと前まで頻繁にここを利用していたことを思えば、ほんの数ヶ月で、本当に自分は変わってしまったと思う。

いろんな意味で贅沢《ぜいたく》になった。前はアフター5をひとりで過ごすのが当たり前で、部屋でひとりで摂《と》る食事になんの不満もなかったのに。今は虚《むな》しいと感じてしまう……。

自分は変わった。

久家によって、変えられてしまった。

改めての実感に軽いショックを受けながら、結局は何も買わないまま、夕暮れの帰路をとぼとぼとマンションまで辿り着く。

俯き加減にエントランスの階段を上がって、ガラスの自動ドアをくぐり抜け、通り過ぎる際に管理人室に会釈《えしゃく》をしてからエレベーターに乗り込む。箱の中で携帯を取り出し、メール画面を確認した。

……着信なし。

悲しい気分で液晶画面を見つめている間に、小さな振動を伴ってエレベーターが停まる。箱から出たぼくは、携帯を片手に廊下を歩き出した。

もう七時を過ぎているけど、まだ【ＡＰＡＣＨＥ】で打ち合わせ中なんだろうか。

メール……してみようか。

物思いに耽《ふけ》っていたせいで、自室の前で足を止め、取り出した鍵を鍵穴に差し込もうという段でようやく、通常と様子が違うことに気がつく。

（………？）

新聞受けの隙間から、うっすらと明かりが漏れていた。

とっさに今朝——出勤間際の行動を思い起こす。キスマークの一件で頭に血が上ってはいたけれど、ちゃんと電気は消したはずだ。この手のことだけは失敗がないという自負があったので不安が過《よぎ》る。

まさか……中に誰か人が？

軽いパニックを起こしかけてドアノブをガチャガチャ回す——と、いきなり内側から扉が押し開かれた。

「うぁっ」

反《そ》っくり返りそうになったぼくの肩を、誰かが摑む。

「っと、危ない」

ぐいっと引かれ、たたらを踏んだ。勢い玄関の中に足を踏み入れるとほぼ同時、何か硬いものに眼鏡がぶつかる。鼻先で感じる、人のぬくもりと甘い香り。自分が誰かの胸の中にいることに気がついた刹那、頭上から声が降ってくる。

「いきなり開けちゃってごめん。つい、うれしくてさ。大丈夫だった？」

少し癖のあるその声に、弾かれたみたいに顔を振り上げた。

「有志っ!?」

「おかえり、和実」

第二ボタンまで外したシャツに緩めたネクタイという格好の恋人が、にっこり微笑む。

「おー、なんか新婚みてぇ。一度言ってみたかったんだよな」

言って、にやにやと相好《そうごう》を崩す男をあ然と見上げた。

（な……なんで？）

なぜ、どういった経緯で恋人が自分の部屋にいるのか、シナプスが繫がらない。

ぽっかり開いた口を、二、三度ぱくぱくと開閉した末に、どうにかやっと声を搾《しぼ》り出した。

「お、おま……なん……鍵っ」

「ああ——これ？」

ぶつ切れの言葉をちゃんと理解したらしい久家が、スラックスのポケットから引き出した鍵を指先でつまみ上げる。

「合い鍵作っちゃった」

「いつっ!?」

しれっと悪びれない返答とぼくの絶叫が重なった。

「今朝。喉が渇いて明け方に起きたら、床に落ちてたあんたのジャケットのポケットから、キーケースが覗いてて。昨日は部屋に入るなりエッチに雪崩《なだれ》込んで……そのままずっとベッドの中だったからな。——で、それ見たらもう、なんだか居ても立ってもいられなくなってさ。あんたがかわいい顔で寝入っている隙に部屋を抜け出して、二十四時間営業の鍵屋でサクッとね」

「サクッとだぁ?」

「ものの三十分だったから、全然気がつかなかっただろ?」

得意気な表情に、呆れることをとおり越して脱力する。目眩《めまい》がしてきた……。

「だってあんた、自分からはくれないし」

拗《す》ねた顔つきで言われて瞠目《どうもく》する。

たしかに、ぼくのほうはずいぶん前にカードキーをもらっていたにもかかわらず、うちのスペアキーは預けていなかった。でも、基本的に久家のマンションで過ごすことがほとんどだし、それに特に欲しいとも言われなかったから……。

(……馬鹿)

そんなまねをしなくても、欲しいとひとこと言えば、渡してやったのに。

だがもちろん、心の声は口に出さない。そんなことを言えば、こいつを増長させるだけだ。

ぼくは敢えて作った恐い顔で、目の前の男を厳しく睨めつけた。

「人の鍵を勝手にコピーするなんて犯罪だぞ」

しかし久家は動じない。

「これぐらいの報復はアリだろ？」

また――『報復』？

会社でも、キスマークの件を問い詰めた際に同じようなセリフを口走っていたことを思い出し、訝しく眉根を寄せる。

「だから、俺が一体何をしたっていうんだ？」

「……これだよ」

片手で髪を雑にかき上げて、恋人が「はー」とため息を吐いた。

「俺にあれだけダメージ与えて自信喪失させておいて、当人まったく無自覚なんだもんな。ったく天然つーかなんつーか」

形のいい眉をしかめてぼやいたかと思うと、肩をすくめる。

「いまさら細かい心情の推移とか説明すんのもめんどいし……別にいいけどさ」

ひとりで勝手に自己完結した男が、気を取り直したように腰に手を置き、くいっと顎でぼくを招いた。

「ま。立ち話もなんだから上がってよ」

そのわがもの顔を睨みつける。

「だから俺の部屋だろ！」


なんだかナーバスになって、あれやこれやとグルグル考えていた自分が馬鹿みたいだ。意表を衝く展開にすっかり毒気を抜かれ、今朝からずっと胸底に沈んでいたわだかまりも、どこかへ吹き飛んでしまった感じだった。

勝手知ったるといった様子の久家の後ろからリビングを覗き込んだぼくは、さらなる予想外の事態に驚くこととなった。

ダイニングテーブルの上に並ぶ、大小取り混ぜたたくさんの皿。ざっと一瞥《いちべつ》しただけでも、たこのマリネ、こあじのフリット、牛肉のカルパッチョなどが見て取れる。キッチンからも、なんとも食欲をそそる匂いが漂ってくる。

「これ……全部おまえが？」

目を剝いて尋ねると、こともなげに久家がうなずいた。

「たまには家で食べるのもいいかと思ってさ。ラタトュイユとサラダがまだ途中だけど」

「腹減ってる？」

その背中を追って、ぼくもキッチンに入る。

「ああ」

現金なもので、久家の顔を見て、オリーブオイルで炒めたニンニクの香ばしい匂いを嗅いだ瞬間から、ぼくの胃は猛然と空腹を主張し始めていた。

「冷蔵庫もキッチンの戸棚も見事に空だったぜ。勝手にいろいろ補充したけど……今度からパスタくらい買い置きしておけよ。乾麺ならかなり保つし、ニンニクと鷹の爪さえあれば、いざという時ペペロンチーノくらい作れるからさ」

小言を口にしつつナイフを扱う恋人の慣れた手捌《てさば》きに、またまたびっくりした。長い指を器用に操り、実に手際よくグリーンオリーブをカットしていく。

「料理、できるんだな?」

「ボスみたいにプロ裸足《はだし》ってわけにはいかないけど。ひとり暮らしも長いから、まぁそれなりに」

「…………」

同じようなキャリアでも、自分はまるで進歩も上達もないのだが。どうやら生まれついて器用な人間というのは、その気になればなんでもできるものらしい。

「それはなんだ?」

料理をする恋人――というシチュエーションがめずらしく新鮮で、思わず横合いから覗き込む。

「これ? ドライトマト。オリーブオイルで戻してサラダに混ぜると旨いんだこれが」

「じゃあ、そっちのツブツブしたのは?」

「クスクス。ラタトュイユと一緒にワンプレートで盛り合せにしようかと思ってさ」

「ふぅん」

あれこれ質問を繰り出しながら横に張りつき、じっと作業を見守っていると、突然ぴたりと久家の手が止まった。ふーっと嘆息が落ちる。

「あのさ」

まな板にナイフを置いた恋人が、咎《とが》めるみたいな目線を向けてきた。

「そんなふうにぴったり体を寄せられると、すごーく邪魔なんだけど」

「あ、ごめん」

ただでさえ、ここのキッチンは久家のマンションと比べものにならないほど狭い。あわてて離れようとしたが、果たせなかった。邪魔だと言った当人に二の腕を摑まれたからだ。抗議しようと振り上げた目線の先に、こちらをじっと見つめる鳶色の双眸を捉えて身じろぐ。

「有…志？」

「あんたさ……俺のことケジメがないって怒るけど――自分こそ、ところ構わず二十四時間年中無休で誘惑フェロモン垂れ流しな自覚あるの？」

「な…に？」

「怒ってかわいい顔で睨むわ、さらさらの黒髪を揺らすたびに甘い香りを振りまくわ、熱っぽい体を無邪気に押しつけてくるわ……タチ悪ぃよ、ほんと。最っ低」

矢継ぎ早に責め立てられ、反論もできずに固まっていたぼくは、不意に腕を引かれて、恋人の近くに引き寄せられた。

「……だけど最高」

吐息混じりの囁きと同時に、そっと唇が唇に触れてくる。一瞬のたじろぎのあと、もうプライベートなんだと気づいたぼくは、力を抜いて甘いキスに身を委ねた。

「……………ん」

ゆっくりと唇を離した久家が、衝動に駆られたみたいな激しさで、ぎゅっと抱きしめてくる。

「やっぱ……もう我慢できない」

かすれた声でつぶやくと、ほんの少し拘束を緩めて、ぼくの目を熱く覗き込んできた。

「夕食、三十分だけ待てる？　先に俺の飢えを満足させちゃっていいかな」

恋人に手を引かれ、寝室のベッドまで導かれた。ここは自分の寝室で、いつも寝ている自分のベッドなのに、久家があまりに堂々としているので、なんだかぼくのほうがゲストみたいな気分になる。

光量を絞った間接照明でぼんやりオレンジ色に照らされた――この部屋に恋人が入るのは、まだ二度目。別に避けていたわけではないけれど、久家のマンションのほうが断然に広く、ベッドも大きいので、必然的に向こうに泊まることが多かった。だからなのか、なんとなく気分が落ち着かない……。

「座って」

ポンポンと手のひらで指し示されたベッドの片端に、ぼくは黙って腰を下ろした。

向かい合うように床に膝をついた久家が、ぼくのネクタイに手をかけてゆっくり引き抜く。次にシャツのボタンを外しにかかる。ひとつ、ふたつとボタンが外されるたびに、外気に触れた肌が心許なく震えてしまう。

もう何度も抱き合ったのに、つい昨日も抱き合ったばかりなのに。いい年をして、いつまでっても行為に慣れることのできない自分が不甲斐なかった。

始まりから終わりまで、終始年下の恋人にリードされっぱなしで、時に蕩けるようにやさしく、時に嵐のように荒々しいその愛撫に、ただひたすら翻弄されるばかりの自分。

このまま――進歩のないままだと、そのうちいつか久家に飽きられて、捨てられてしまうんじゃないかと不安が過る。今はまだ、慣れていないところが新鮮だと言ってくれるけれど。

「どうしたの？」

唇を噛んで俯いていたら尋ねられた。それでもまだ黙っていると、頭を撫でられる。

「……大丈夫」

宥《なだ》めるみたいな声音に目線を上げた。色素の薄い瞳が、じっと見つめている。

「今日は最後までしないから」

え？　と両目を見開いた。意外な言葉を口にした久家が、鳶色の双眸を切なげに細める。

「昨日、たくさんしちゃったから、まだ体がきついだろ？」

どうやら、ぼくのナーバスの理由を誤解しているようだ。たしかに昨夜何度も恋人を受け入れたそこは、まだかすかに熱を帯びている。でも回数のぶん、久家はすごく気を使ってくれたから、特に痛みがあるわけではないし、絶対にむりということでも……。

胸中でひっそりつぶやいてはみたものの、口には出せなかった。

そんなことを言ったら……まるで欲しがりの淫乱みたいじゃないか。

言えない。言えるもんか。口が裂けてもそんなこと。

悶々《もんもん》と葛藤しているうちに、いつの間にか前立てのボタンはすべて外されていた。両肩からシャツを滑り落とされ、ベルトも抜かれ、下衣を引き下ろされる。下着一枚という恥ずかしい格好が居たたまれなくて、自分で眼鏡を外し、サイドデスクに置いた。はっきりと見えなくなってしまえば、羞恥心も少しは紛れる。

その間に久家は手早く服を脱いでいた。躊躇なく裸になれる恋人がつくづくうらやましい。何度見てもつい見惚れてしまうような、男としてほぼ完璧と言ってもいい裸身がベッドの上へ乗り上げた。

「おいで」

両手を広げて甘くセクシャルな声で招かれたぼくは、見えない糸で手繰《たぐ》り寄せられるようにふらふらと恋人に近づいた。その胸に抱き込まれた——と思った次の瞬間、腕を取られてくるりと体を返される。気がついた時には、久家の膝の上に後ろ向きに座らされていた。恋人の懐にすっぽりはまり込んで、まるで幼児が父親に抱っこされているみたいな状態だ。

「な…に?」

くすぐったさ半分、戸惑い半分で声を出すと、耳許に囁かれた。

「最後までしないぶん……今日はいっぱい和実の体をかわいがって気持ちよくさせる」

そんな恥ずかしいことを宣言して、久家が両手を前に回してくる。ほどよく湿った手のひらが、脇腹のラインをすっと撫で上げた。左右の胸を包み込むように、やさしくさする。

「……………ん」

触れるか触れないかの微妙なタッチに反応して、胸の先が少しずつ勃ち上がってくるのが自分でもわかる。そこからじわじわと広がる快感のさざ波。固く尖った乳首を指と指の間ではさまれ、きゅっと引っ張られた刹那、上半身がびくっとおののいた。

「やっ……」

甘い電流が全身を貫き、下半身がじんと疼く。じわりと下着が濡れる感触に瞠目した。

（う…そ……もう？）

大概堪え性はないけれど、いつもより、さらに感じるのが早い気がする——。

驚くぼくとぴったり体を密着させた久家が、首筋にくちづけてきた。自分でつけた痕に吸いついたり、甘嚙みしたりしながら、右の乳首の先端をクルクルと撫で回したかと思うと、左の乳首を爪でカリッと引っ掻いたりする。

「ん……ふ……んっ」

それぞれ別の種類の甘い責め苦に晒されて、ぼくの薄く開いた唇からは、堪え切れない喘ぎが零れ出た。その声も、なんだか普段より高くかすれていて。

「あ……ん……ぁんっ」

「いい声……。昨日の余韻で、すごく敏感になってるな」

恋人の満足そうなつぶやきに、涙で霞んだ両目を瞬かせる。そうなのか？　昨夜の余韻がまだ体のあちこちに残っていて……だからこんなに感じてしまうのだろうか。

「ほら——こっちももう……」

久家の手が下りてきて、形を変え始めた欲望の兆しを、下着の上からやんわりと掴む。

「……濡れてる」

わかっていたことでも、改めて恋人の口で知らしめられると、カッと顔が熱くなった。

右の太股の裾から忍び込んできた手が、官能の地雷の在処《ありか》を探るように、下着の中をまさぐる。ただでさえ狭い布地の中で、逃げ場を失ったペニスは、久家の強引な手でいいように弄《もてあそ》ばれるしかない。巧みな手淫と布地に擦れる刺激とで、どんどんと昂《たかぶ》り、クチュクチュと濡れた音を漏らす。

「うわ……ぐちゅぐちゅ」

耳殻に吹き込まれた瞬間、恋人の手の中の欲望がぴくんと跳ね、鈴口からまたとろりと先走りが溢れたのがわかった。

「和実、エッチだなぁ。言葉だけでお漏らししちゃうんだ？」

含み笑いの男を睨みつけたかったけれど、そんな余裕は与えられなかった。溢れ出たぬめりを指の腹でぐりぐりと塗り広げられ、感じる裏筋を執拗に擦られる。

「あ……あ、ぁ」

袋を握り込まれ、双球を少し乱暴に擦り合わせられると、滴った体液がクチッと粘ついた水音を立てた。肌が粟立ち、逃しようのない強烈な快感を持て余して悲鳴をあげる。

「や……ぁっ」

「嫌じゃないだろ？　気持ちいいだろ？」

ふるふると頭を左右に振った。

だって、こんなの。感じすぎて……つらい。

おまけに、しっかり背後から抱き込まれているから、身悶えることもできないのだ。

「嫌……いや……放して」

「ダメ。我慢したほうが絶対あとで気持ちいいんだから」

グズグズなぼくを叱った久家が、下着の中から手を引き抜き、先走りでぬめった指先で、ふたたび乳首を責めてくる。ぬるぬるを塗り込めるみたいに捏《こ》ねられた。

「ん……んんっ」

自分の漏らした体液で濡れて光る乳首のビジュアルが、あまりに卑猥で——とっさにぎゅっと両目をつぶる。だけど、視界を閉ざすことによって、よけいに感覚が研ぎすまされてしまい——

充血した先端がじんじんと痛いほどに痺れてくる。

「和実の乳首……しこってプリプリしてる。グミみたい」

赤く腫れた先をぴんっと弾かれ、体がびくんっと跳ねた。

「あっ……」

あやうく達してしまいそうだった。いっぱいいっぱいに膨れ上がった欲望が、快感の放出を求めて、もうぎりぎりまで迫《せ》り上がってきている。

「も……もう」

切迫した焦燥に駆られたぼくは、すがるように久家の腕を摑んで訴えた。

「もう……限界？」

こくんとうなずくと、ふぅと吐息が耳にかかる。やがてこめかみにちゅっとキスが落ちた。

「俺も甘いな」

苦笑まじりの声がつぶやき、包み込んでいた腕の拘束を解かれる。腰を摑まれ、体を軽がると持ち上げられたぼくは、久家のなすがままに、ベッドの上で四つん這いにさせられた。

こんな格好をしたことがなかったから、動物みたいな体位に顔が熱くなる。

「……あ」

なおさら下着を下ろされ、後ろから覆い被さってきた恋人の硬い勃起を感じて……。

——熱い。

その熱い欲望が、ゆっくりと尻の狭間を上下する。昨夜、それが情熱的に自分の肉を犯した感触をリアルに思い出し、こくっと喉が鳴った。浅ましい期待に鼓動が早まる。

けれど……いつまで経っても久家は入ってこなかった。ただ灼熱の塊を擦りつけられるだけの行為のもどかしさに、焦れたぼくは無意識にも腰を揺らしていた。ヒクついたそこが、物欲しげに収縮しているのがわかっても、どうしても我慢することができない。

「すげ……ヒクヒクしてるぜ？」

興奮を帯びたかすれ声。恥ずかしい自分の状態を見られているんだと思ったら、ふるっと震えが来て、まなじりに涙が滲んだ。

「そんなに欲しいの？」

「……………」

言葉にしなくても、体が答えてしまっているようで――。

「欲しがりだな」

うれしそうな囁きの直後、つぷっと指が一本入ってくる。

「アッ」

いきなりの刺激に背中が反り、反射的に異物を締めつけてしまった。

「大丈夫。ちゃんと指でイカせてあげるから」

その言葉どおりに、久家の長い指は的確にポイントをついてくる。

「あ……く…ぅ……ん」

心得た愛撫に乱される。だけど、……何かが違う。まだ足りない。欲しいのはそれじゃない。

「ちが…う」

いやいやと首を振りながら、熱に浮かされたみたいに口にした言葉を聞き咎《とが》められた。

「違う？　じゃあ何？」

傲慢な口調に唇を噛む。

「いじわ……」

意地悪。わかっているくせに。

「ダメだよ。和実がちゃんと言うまであげない」

こいつ……本当は最初から、これを言わせるつもりだったんじゃないのか。

いまさら恋人の魂胆《こんたん》に気づいても、手足の先まで痺れるような飢餓感は切実だった。

「欲し……い」

「何が？」

ちくしょう。そこまで言わせる気か。顔から火を吹きそうな羞恥を堪え、もつれる舌でねだる。

「おまえ…の……有志の……が」

「俺の、これが、欲しいの？」

引き抜いた指の代わりにしっとりと濡れた勃起を押しつけられ、もはや意地を張る余裕もなく、ぼくは素直に請うた。

「ん……欲しい……」

「全部？　奥まで？」

「全部……奥まで……来て…っ」

喘ぐように言ったとたん、腰をきつく摑まれる。指で割り開かれたそこに、先端が減《め》り込んだ。

「あぁッ」

「このまま生で入れてもいい？　あとでちゃんと中まで洗うから……いい？」

今までの余裕の声音から一変した——急《せ》いた口調の確認に、こくこくとうなずいた。もう一秒だって待てないのはぼくも同じで。

「く…ぅ」

熟れた肉を捲《ま》き込み、待ち焦がれた熱い雄が、ぐぐっと入ってくる。バックで受け入れるのは初めてだったけれど、正常位では届かない深みで久家を感じて、その新鮮な感覚にぼくは溺れた。

「あっ……あ、ぁんっ」

後ろから激しく揺さぶられ、快感の源を幾度も突き上げられて、たちまち上り詰める。

い…い。たまらない。注がれる熱に炙《あぶ》られて……蕩けそう。

「ん……い…く……いっちゃう」

「和実の中……すごく熱くて……俺もすぐいっちゃいそう」

恋人の艶めいた声に官能が高まる。抜き差しのたびに自分の中の久家がたくましさを増すのを感じ、悦びがさらに膨らんだ。

「あ……も……出して。中に…っ」

極める予感に高い声を放つ。ぼくが達するのとほぼ同時にドクッと久家が弾け、最奥にぴしゃりと熱い飛沫を感じた。生あたたかい白濁が体内に満ちるのを感じながら、じわじわと弛緩する。

「あ……あ……」

余韻に震えるぼくをぎゅっと抱きしめ、恋人が首筋に唇を押しつける。

「愛してる……和実」

満ち足りた囁きを耳に、ぼくも幸せな吐息をシーツに零した。


三十分どころか——優に一時間のインターバルを置いたぼくらは、ついでにシャワーも使い、心身ともにかなりさっぱりとしたコンディションで、少し遅めの夕食にありついた。

「このラタトュイユ……旨い」

「本当に？」

身を乗り出してくる恋人にうなずく。

「ああ。トマト味にハーブとスパイスがきいていて本当においしいよ」

実際、ラタトュイユは時間を置いたことで、ズッキーニやパプリカ、茄子などの夏野菜によく味がしみていた。ドライトマトのサラダもカルパッチョも、初めて食べたクスクスもおいしかった。それなりに——なんて謙遜していたけれど、料理のセンスもかなりいいんじゃないか。

「んじゃ次はエスニックを食わしてやるよ。【ＬＯＴＵＳ】のシェフに教わった牛肉のサラダとグリーンカレーがけっこうイケるから」

ぼくの賞賛に気をよくしたらしい恋人が、早速次回のメニューを口にする。

「うん、楽しみにしてる」

素直な同意を口にすると、目の前の顔が幸せそうに微笑んだ。

恋人のエスコートで過ごす刺激的な夜もいいけれど、たまにはこんなふうにゆっくり自宅でくつろぐのも悪くない。赤ワインのアルコールにほどよく酔ったぼくは、満ち足りた気分でつぶやいた。

「そういえば、【ＡＰＡＣＨＥ】のブック、増刷になるらしいな」

「ああ、らしいね。俺も今日の夕方、打ち合わせ先で聞いた」

チーズを切り分けていた恋人が相槌を打つ。

「ま、俺とあんたのスーパーユニットだし、当然っちゃ当然だけどね」

相変わらずの不遜な物言いに苦笑した。

「ボスがまた別の仕事で組んでみろって言っていた」

「へぇ」

ナイフを扱う手を止めて、久家が片眉を跳ね上げる。

「あの人も豪気だよな。基本的に放し飼いで、でも締めるところはちゃんと手綱を締めているから、こっちとしては安心して好き勝手できるけど」

「おまえは好き勝手しすぎ」

ぼくの突っ込みにはニッと唇の端を歪め、これ以上のやぶ蛇をかわすように立ち上がる。

「コーヒーでも淹れるよ」

「じゃあ俺が」

「いいから。あんたは座ってて」

——結局最後までしちゃったから、体きついだろ？

上半身を傾けてきた恋人にひそっと耳に囁かれ、じわっと赤面する。

それでも、今日はすっかりご馳走になってしまったから後片づけくらいは……と、食器を重ね始めて、テーブルの端に置かれた久家の携帯に気がついた。

最新型のシルバーボディ。無意識のうちに手を伸ばしてしまってから、久家が前の携帯を捨てた経緯を思い出す。

――女の番号とか、いちいち消去するのが面倒くさかったから。

つまり、この新しい携帯には、現在まったく女の子のナンバーは登録されていないはずだ。

以前は来るもの拒まずだったけれど、今は和実だけ――という恋人の言葉を信じている。

でも、この目で確かめてみたいという欲求があるのもまた事実で……。

そっと携帯を開きかけ、一センチほどでパタンと閉じた。

(駄目だ)

いくらつきあっているとはいえ、プライベートはプライベート。もし自分が同じことをされたら、きっと嫌な気持ちがする。自分を戒め、元の位置に戻そうとした時、手の中の携帯がブルブルッと震えた。

「………っ」

とっさに取り落としそうになり、あわてて持ち直す。

「有志、携帯が鳴ってるぞ!」

恋人を呼んだが、水を使っていて聞こえないらしい。手のひらのダイレクトな振動に動揺したぼくは、思わず携帯を開いてしまった。刹那、凍りつく。

なぜなら——待ち受け画面いっぱいの『自分』を見てしまったからだ。

しかも、うつぶせの上半身とはいえ、裸の……。

勢いパタンと携帯を閉じ、数秒宙を睨んでから、ふたたび、おそるおそるフリップを開く。どうやらメール着信だったらしく、その間に振動は止まっていたが、そんなことはもはやどうでもよかった。

「こ……こ、こ」

やはり見間違いでも目の迷いでもなかった衝撃の映像に、くらっと頭の芯が揺らぐ。

(コレだったのか!)

——何を見ているんだ?

その問いかけに、久家がものすごい勢いでスーツのポケットに何かを隠した、午前中のシーンが蘇ってくる。そして、ぼくを顧みた藤波が顔を赤らめていた様子も。

——もっと側に寄れよ。いいもん見せてやる。

あの時、コレを見せていたのだ。藤波には関係がバレているからといって自慢げに!!

「何?　さっき呼んでた?」

濡れた手を振り振りキッチンから出てきた久家が、シルバーボディの携帯を手に固まるぼくを認めて、うっと息を呑んだ。みるみる顔を引きつらせたかと思うと、やがて滅多に耳にしないようなおずおずとした口調で尋ねてくる。

「み……見た？」

無言のうなずきに、「うわっ」と頭を抱えた。

「見ちゃったかぁ。そーか参ったな。あー、えーと……よく撮れてるだろ？　われながらプロ顔負け――なんてな」

おちゃらけてごまかそうとする男をぎろりと睨めつける。

ぼくの低音に常ならぬ怒気を感じ取ったらしく、一転、久家は神妙な顔を作った。

「……いつだ？　いつこんなもの撮った？」

「だから昨日……エッチのあと、しどけなく寝入っているあんたを見てムラムラッとアーティスト魂が喚起されて……携帯が手許にあったからつい」

「……つい？」

「でもさ、あんたもわかるだろ？　こう、感動的な『絵』を目《ま》の当りにした時の芸術家としての昂りっていうか、止むに止まれぬ衝動っていうかがさ」

どうにかぼくを説き伏せようという腹か、それらしい言葉を熱っぽく連ねる。

「それに、これがあれば離れてる時も寂しくないし。今日だってあんたがつれない間はずっとこれを見て自分を慰め……うぁっ」

しかし懸命の説得にも、ぼくの心が動かされることはなかった。

「ま、待て和実！　頼むから早まるなっ」

必死の懇願も取り合わず、バシッと無情に画像を消去する。

「何すんだよっ」

悲鳴をあげた久家が飛びついてきて、ぼくから携帯を奪い取った。

「信じらんねぇ！　白い背中に気怠い情事の余韻が漂ってて、すっごくいい写真だったのに！」

「だからそんなもの藤波に見せるなっ」

だが、取り乱した久家は聞いちゃいない。

「うわ、マジで消えちゃったよ！　くそぅ……こんなことなら藤波の携帯に送っときゃよかった」

「送るな！　恥ずかしいっ」

「あああ……あの瞬間の和実は、もう二度といないのに。二度と同じ和実はいないのにぃ……」

「うるさい！」

恨みがましい繰り言を一喝する。

やっぱりこいつはアホだ。とんでもない大馬鹿野郎だ。

もう絶対に。何があろうと。こいつがどんなに切ない眼差しで見つめようが、自信なさげにすがってこようが、二度と甘い顔は見せない。いわんや体で慰めるなどもっての外。

一から躾《しつけ》直す。一からだ。

固い決意とともに、ぼくは自分の前の床を指し示し、未練がましく携帯を弄る年下の恋人に低く告げた。

「……まずはそこへ座れ」

end.

ショートコミック　*このお話はコミックス「YEBISUセレブリティーズ」からの出張版です。

Starlight kiss

スターライト　キス

不破慎理
SHINRI FUWA

うわ　すごい人！
しかもほとんど外国人…
ああ
毎年真夏のこの時期にフィルムフェスティバルをやるからな
でも屋外で映画観るなんてなんだかロマンチックですよね

あ
この映画…
観たことがあるのか？
はい
すごく好きなんです
ラストがとても
切ない感じで…

はるか
映画のような恋がしたいか?
ええ!?
あ、あのあのえーと…っ
わた わた わた
くす

とりあえず今日は
映画のようなキスをしようか
おしまい★

CHARACTER PROFILE

藤波はるか(ふじなみ はるか)
23歳/魚座/O型/175センチ
アルバイト(10時～6時まで)。夜は専門学校に通っている。
学校にバイト求人が出ていたので、ダメモトで受けたら、なぜか採用された。元気で誠実な、エビリティで一番の新人くん。

大城　崇(だいじょう たかし)
34歳/獅子座/B型/186センチ
代表取締役社長兼プロデューサー
デザイナー事務所【Yebisu Graphics】において、全てが超一流のエビリティ達を束ねる男。天上天下唯我独尊。あだ名はボス。

【Yebisu Graphics】スタッフ

綿貫凌(わたぬき りょう)
31歳/牡羊座/A型/187センチ
アートディレクター
事務所設立時からの生え抜きで、ボスの片腕。

笹生アキラ(ささお あきら)
24歳/乙女座/AB型/168センチ
グラフィック・デザイナー
事務所の社員の中では、はるかを除けば最年少で、癒し役。綿貫とは幼なじみである。

高館　要(たかしろ かなめ)
29歳/双子座/B型/174センチ
コピーライター
いつもニコニコしているが、その笑顔に騙されてはいけない。

彼らの恋はまだまだこれから!

YEBISU セレブリティーズ

陣内高史(じんない たかふみ)
大城の従兄弟。大城の代わりに【CATSLE WATCH】を継いだ。

喜多村　彗(きただむら けい)
昨年のパリコレで、日本人として唯一【NEIGES】の舞台に立ったった新進気鋭のモデル。

Others
エビリティをめぐる男たち

東城雪嗣(とうじょう　ゆきつぐ)
事務所ビルの階下にあるカフェ【LOTUS】のチーフギャルソン。

レオン・アレキサンドロ
イタリア系アメリカ人建築家。事務所ビルを設計。

アルベルト・フランチェスコ・ディ・エンリケ
世界的なインテリアメーカー【LABO】の日本支社長。

フランソワ・リカルド
パリの高級ブランド【NEIGES】の日本支社長。

さらに加速するエビリティワールド――

あとがき

初めまして。こんにちは。もしくは、おひさしぶりでございます。岩本薫です。

今回は、少し趣向の変わった本で、みなさんにお目にかかることになりました。

まずは簡単なご説明を。

この【YEBISUセレブリティーズ】は、小説b―Boy及びマガジンBE×BOY誌上にて、私と不破慎理先生のコラボレート企画として、二〇〇三年春にスタートしました。

今回、このノベルズより一足先に、同タイトルのBBCが発売されています。こちらは、私の原作を不破先生が素敵な漫画にしてくださっていて、本編とカップリング違い（事務所のボスこと大城とアルバイトのはるかの物語）ですが、舞台は一緒。リンクした内容になっています。

合わせて読めば二倍おいしいこと間違いなし――ということで、興味を持たれましたら、こちらのコミックスもお手に取ってみてくださいね。


――と、のっけからCMで始まってしまいました。すみません。

さて、益永ではないのですが、この【YEBISUセレブリティーズ】＝【エビリティ】は、私にとっても『初めて』づくしの企画でした。まずは編集部からのリクエストを下敷きに舞台設定を作ったこと。（ちなみにリクエストの内容は『デザイン事務所を舞台にした、業界セレブたちの恋と仕事を描く。社員はスーツ着用がデフォルト』というもの）

さらには自分の原作を漫画化していただくこと自体が『初めて』の経験で、慣れない段取りに戸惑うあまりに不破先生にご迷惑をかけてしまったりもしましたが、やはりできあがった原稿を『初めて』見た時は、「自分のキャラクターが動いている！」ことに、いたく感激致しました。

そして何より、みんなでアイディアを出し合い、ひとつのワールドを作り上げていく感覚が新鮮でした。私の提案に不破先生が素敵に応えてくださったり、逆に不破先生の出されたビジュアルに私がインスパイアされたりと、これこそがまさにコラボレートの醍醐味なのかもしれません。漫画と小説を二誌連動で展開していくという企画自体、編集部にとっても『初めて』の試みでしたので、スタッフ一同手探りの日々でしたが、思いがけず、みなさんに熱いご支持をいただき、こうして2冊仲良く本にまとめられることをとてもうれしく思います。応援してくださった皆様、本当にありがとうございました。

今回の本の制作にあたっても、せっかくだからいろいろと楽しく初チャレンジしたいね——ということで、巻末に不破先生の4ページコミックが載ることに。さらにはキャラクターのプロフィール一覧のおまけもついています。コミックスのほうには、書き下ろしの4コマのほかに、私もショートストーリーを（久家×益永）で書き下ろしました。

あともうひとつ。実はこの【ＹＥＢＩＳＵセレブリティーズ】をドラマＣＤ化していただけることになりました。時期やキャストなど、詳細はまた追って発表になるかと思いますが、これもまた『初めて』の経験になりますので、私自身ドキドキしつつ、とても楽しみです。ノベルズ・コミックス・ＣＤの三点セット、コンプリートしていただけたらうれしいです。

そろそろ話を小説に移します。

雑誌掲載後、久家×益永のカップルには、私史上初と言っていいほどの熱いラブコールを多数いただきました。しかし正直に申し上げて、この結果は思いもよらないものでした。漫画のカップリングに比べて、久家はともかく益永がキャラクター的に地味では？　とひそかに心配していたからです。それが蓋を開けて見たら益永支持の声が圧倒的でびっくり。うれしい誤算でした。

彼らに関しては、いずれまた続きを書く機会に恵まれるかもしれませんが、とりあえず今回の書き下ろしは、甘々な後日談を目指してみました。少しでも楽しんでいただければ幸いです。


漫画担当の斉藤さん、小説担当の安井さん、エビリティの名付け親でもある森さん、制作の川隅さん、デザイン担当の小菅さん——たくさんのお力添えを本当にありがとうございました。

エビリティはただ今、セカンドシーズンがマガビー&小b誌上で展開中です。漫画はAD綿貫《わたぬき》と外科医・狩野《かのう》の恋。小説はカフェのギャルソン東城《とうじょう》とイタリアの伊達男アルベルトの恋です。よろしければ、こちらもチェックしてみてくださいませ。

最後になりましたが——親愛なる読者の皆様。このたびは拙著をお手に取ってくださいまして、本当にありがとうございました。今後もまだまだたくさんの恋が展開予定のエビリティ・ワールドを、これからもどうかよろしくお願いいたします。

二〇〇四年　春　　岩本　薫

圧倒的人気!
コミック版好評発売中!!
ボス&はるかの
甘〜いショートコミックは
いかがでした? もっと読みたい!と
いう貴方に朗報です。コミック版"エビリティ"好評発売中です! "Yebisu Graphics"の
ボスである大城 崇が見そめたダイヤモンドの原石・藤波はるか。物語は、はるかのバイト初日から始まります。何色にも染まっていない、はるかの心を染めるのは——? メイン二人の他、売れないモデル・ケイ×失恋デザイナー・笹生の恋も収録。不破慎理が贈る、ため息が出るほど美しいオトコたちのグラフィティ。
ぜひ味わってみて!
ビーボーイ
BBC
コミックス
定価:590円(税込)
YEBISU
セレブリティーズ
不破慎理
原作
岩本 薫

ビーボーイノベルズをお買い上げいただきありがとうございます。
この本を読んでのご意見・ご感想をお待ちしております。

〒162-0825 東京都新宿区神楽坂6-46
ローベル神楽坂ビル7階
㈱ビブロス内
BBN編集部

BBN
B●BOY NOVELS

YEBISUセレブリティーズ

2004年5月20日　第1版発行

著　者――――――――岩本　薫

発行者――――――――牧　歳子
発行所――――――――株式会社　ビブロス
〒162-0825
東京都新宿区神楽坂6-67FNビル3F
営業　電話03(3235)0333　FAX03(3235)0510
編集　電話03(3235)7806
振込　00150-0-360377
印刷・製本――――――株式会社光邦
乱丁・落丁本はおとりかえいたします。
定価はカバーに明記してあります。
この書籍の用紙は全て日本製紙株式会社の製品を使用しております。

Printed in Japan
ISBN 4-8352-1584-2